曽野綾子

時に臆病に　時に独りよがりに

旅は私の人生

青萠堂

本書は、著者のこれまでの多くのエッセイから抜粋し、編集したものです。収録に際して新たに著者が一部加筆修正し、刊行しました。その出典は巻末に明示させていただきました。編集部

目次

3章

4章 旅の小さないい話 119

5章 旅で知るそれぞれの流儀 161

カバーデザイン／U.G.SATO
本文デザイン／ジャパンスタイルデザイン

1章

私の旅支度

私の旅支度（上）

私の旅支度は普通のものと少し違う。そこに到達するまでには、長い試行錯誤があって、今では一つのマニュアルさえできていて、私の旅支度は大体一つの衣料用のプラスチックケースに収めてある。だからそれを引き出せばいいだけなのだが、実は最近はそれもめんどうになってきている。

人はいかにも私が強いように感じるらしいが、私は弱くて、我慢できないことが多いから、ちまちまと防御のための用意をする。ほんとうに強い人は、私のようなばかな装備はしない。

私の女性の友人に芯から強靭《きょうじん》な人がいて、暑くも寒くもない、と言う。だから着た切り雀で外国にでかける。それも私にはできないことだ。私は暑がりではないが寒がりで、ヤッケ一つにしてもあらゆる厚さのものを装備している。砂漠の一日は五度から四十二度、砂嵐の前には六十二度くらいまで気温が上がるが、夜は十二度くらいまでは下がる寒さが辛い。ダマスカスの昼間は、酷暑の中で、婦人たちは厚いコートを着ている。その方が、着衣の内側を体温に近く保てるので涼しいわけである。

私の友人の偉いところは洗濯をしなくても平気なのだそうで、これは到底敵わない。私は少しも家庭的ではないのだが、料理と洗濯は趣味で、旅に出れば、どんなに疲れていてもその日のうちに洗濯をしてしまう。不潔に強いことこそ強さなので、私の洗濯好きは完全な弱みである。

だから私の自慢話はサハラを縦断した時、千四百八十キロだけ水とガソリンのない地帯を通過したとき、丸五日ほど着替えもせず、顔も洗わず、歯も磨かなかったことだ。それでも気分は爽快だった。

旅支度の原則は「自己完結型」であることだ、と長年私は自分に言い聞かせてきた。サハラの旅は、ラリーではないので途中で誰も助けてくれないから、自分で水とガソリンを持って走る。それと同じ精神でいなければならない。

途上国旅行の基本は、懐中電灯を持って行くことであった。あらかじめ全く電気がないか、電気が引いてあっても始終停電するか、という土地だから、必携のものの第一位である。しかし懐中電灯というものは、停電になってから荷物の中から探し出すことは不可能なものなので、いつもハンドバッグの中に持っていなくてはならない。

途上国で防がねばならないのは、蚊である。マラリアだけでなく、ほかの病気の媒体でもある。蚊を防ぐには、必ず長袖のシャツと長いスラックスを履くことだ。よくサバンナやジャングルを歩くテレビの番組出演者が半袖と短パン姿なのをみると、私はどうも番組全体がウソ臭く感じる。だいたい南方の山地に住む人は、あまり半袖や短パンを着用しない。擦《す》り傷でも作ることは、恐ろしい感染症の原因なのだから、馴れない日本人は軍手もはめるべきなのである。

そして日本の渦巻き型の蚊とり線香を腰に吊るす。畑仕事をやる私にとっては、お馴染みのスタイルである。しかしそれだけではいけない。蚊とり線香を取り出したら、同時にライターも出てくるように包装して日本を発つ。どこかその辺まで百円ライターやマッチを買いに走れるような土地ではない。必要な時に火種のない蚊とり線香ほど無用の長物はない。

いつも問題になるのは水である。水は世界の最大の問題である。そうじてアジアは水に困らない。湿った土地が多い。裏庭には簡単に数本のパパイヤとバナナの小さな畑ができる。それだけで飢餓に襲われない。

しかしアフリカは違う。多くの土地で水の不足は問題だ。もう四半世紀も前だが、私はアルジェリアの南部の砂漠地帯で、「水も電気もないホテル」に泊ったことがある。部屋の中はどこも砂だらけであった。

人々も水のない暮らしに強い。カメルーンで働くシスターは、彼女の働く診療所の患者のために待合室の屋根を作ることを頼んできたが、そこは長時間水が出ない。待合室より、井戸を掘る方が先ではないですか、と言うと、ここの人たちは、診療所といえども水がないことに慣れていますからいいんです、という。

私たちが泊まる首都でかなりいいホテルでも、浴室に水しか出ない部屋と熱湯しか出ない部屋があって、どちらがいいだろうか、などと皆議論している。水だけがいいに決まっているじゃないか、と私は内心思いながら聞いている。

一九六〇年にメキシコからエルサルバドールまで車の旅をした時には、中米の田舎ではまだ、コーラも瓶詰めの水も買えなかった。途中で知り合ったアメリカ人の自然主義者らしい二人連れは、一歩アメリカの国境を出れば、安全な水は一滴もない、と言い切った。その時自然界で唯一安全なのは、椰子の実のジュースだと教えてくれた。

ありがたいことに今水はどこでも買える。奥地に入る時には数ダースのペットボトルの水を町で買い込んで車に積めばいい。しかしそれがない時には、今でも煮沸した水を飲む道が残されている。やや泥水なら、バケツで上澄みができるまで待ち、さらに藻のような混入物を布で漉《こ》せばなお安全である。この漉し布には、その辺の婦人たちの腰巻きを借りたものでも大変有効だと、国連の機関は、印刷物に書いている。

しかし日本の学校秀才は、澄んだ水なら、煮沸すれば飲めることとさえ知らない。瓶の水が買えないと聞くだけで恐怖で萎縮する。

これは旧軍の知恵らしいが、もし信用できない水を飲まねばならない時があったら、「食前、食中、食後に、水を飲むな」という素朴な知恵があったようだ。つまり胃酸を薄めない方途である。

東南アジアの僻地を、私の息子が自分の幼い子供（私の孫）を連れて歩いている時には、このルールを厳重に守らせていた。子供はよほど喉が乾いていたのだろう、食事のテーブルに着いた途端、大きなグラスいっぱいのコカコーラを飲み干した時には、ほっぺたを殴ったこともある。

それと私の体験では、食べすぎないことも重要であった。大食いをすると菌もたくさんお腹に入ることになるだろう、という素人の知恵である。或る時、一人のドクターに「希《き》釈《しゃく》は最大の予防である」という言葉を教わったのが、こうした行動の裏づけになった。それまでの私は、いつでもこういう旅をできるような心理にしておくために、不潔に馴れることばかり心がけていた。

ハエのたかった食べ物を完全に防ぐことはできない。テーブルに載せてあるパンは、一番上のを取ると、ハエがたかり埃にまみれている可能性が高いから、常に下の方から抜く習慣をつける。人には汚いのを食べさせて自分は少しでも清潔なのを口にするという利己主義の自覚はその際身につく。するとついでに、自分は犠牲的な人道主義者だなどと思わないようになる。

さしあたり、途上国に入る一、二ヶ月前から、食事前に手を洗うなどということをやめる。ついさっきお札を数えたのだがなあ、と思いながら素手でサンドイッチを食べるようにしていた。

ところが希釈は最大の予防だと習うと、私のこうした習慣はとんだ愚行にも思えてきて、私は時々手を洗うようになった。しかしさしたる理由もなく、やはり手を洗う習慣はやめようと思ったりする日もある。その点節食は一番合理的な方法らしく、無事にアフリカから帰る度に私はいつも少し痩せている。

大学で教えている息子が学生を連れて、中国の西域に旅をするのに同行したことがあった。彼は学生にティッシューの使用を禁じていた。今の学生には「ウェット・ティッシュー症候群」とでも呼ぶべき一種の神経症があり、それが人間の行動を規制しているという考え方なのである。

節食と同時にまちがいなく効くと思われるのは、睡眠不足にならないことである。マラリアはアフリカには日常茶飯事に存在する。中でも熱帯熱と呼ばれる型のものは激烈で、かかったシスターの話や体験記を読むと、数日間意識を失うほどの危険な状態になる。マラリアの予防薬なるものを、私も飲んだことはあるのだが、薬には何でも強く鈍感な私が吐くほどだったので、辛くなって予防的な処置は止めた。それより、体力の温存を計ると発症しない、という説に賭けたのである。

何より食事をきちんと摂って、夜早く寝る。アフリカの貧困調査を目的に若者たち二十人ほどといっしょに旅行すると、どうしても夕食後飲む人たちがいる。すると私はその中の責任者に十時半になると解散命令を出させていた。その後でこっそり飲みなおす人がいてもそれは大人の選択だが、とにかく八時間睡眠を確保してもらうためである。それに昼間バスの中で眠ってばかりいる人のために、旅は企画されたものではなかったはずだ。バスの中から、あれらの風景——自然の極性、耕作地の情況、村の構成、道路の状態——などを見ることは、情報を集めるための基本的な姿勢である。だからバスの中で眠るということは、本来は許されないものである。そのせいか、延べ百五十人を越す参加者から一人もマラリアが出ずに済んで来た。

マラリアはアフリカの文化と生活を規制している。病院に入院している患者の大半はマラリアである。エイズの患者でも、「どこがお悪いのですか」と聞くと、「マラリアです」と答える。エイズで免疫力がなくなると、真っ先にマラリアが出るらしい。

エイズは英語圏で通用する病名だから、英語圏を旅する時はフランス語の「シダ」と言い、フランス語圏を移動する時は、英語の「エイズ」を使うように打ち合わせる。私たち同士の会話で患者を傷つけず、しかし私たちも患者について自由に説明を受けねばならないからである。

私自身は、何でもおいしいと感じるたちで、二、三週間の旅の間に日本食をほしいと思うことはないのだが、僻地に住むシスターたちは、お漬け物もライスカレーもラーメンも食べたいだろうと思うので、つい日本食を簡単に運ぶ方法も考えるようになった。もちろんこれは、距離にも関係する。日本から十七時間ないしは二十四時間もかかるアフリカには、持って行けるものも制限される。

しかし人生で制約というものはなかなか楽しいものなのだ。制約ができると、それを突破する方法を考えることが一つの遊びになる。

或る時、私はカンボジアの僻地に地雷処理のために働いている日本人を訪ねることになった。ホテルなどある村ではないから、どうしてもその方たちの合宿に泊めて頂くほかはない。それなら、私たちが夕食に日本料理を作ります、ということにした。

運んだのはササニシキ、塩鮭のかま、たらこ、奈良漬け、昆布の佃煮、高野豆腐、そして生卵である。鮭とたらこは冷凍したものを保冷材入りのバッグに入れ、タイのバンコクまで冷たい状態を保つ。その夜のうちに保冷材を再び冷凍し、生物《なまもの》は冷蔵庫の中に入れ、翌日再び保冷バッグに入れて約五時間の陸路の輸送に備える。こう書くといかにもめんどうなようだが、こうした計画を立てるのは一つの遊びだし馴れているので、私にとっては何でもない。

生卵は日本以外の土地では、サルモネラだか何かの菌がいるというので、生食ができない、ということになっている。したがってただの生卵が、在外邦人にとっては強烈な郷愁を癒す味になり、持参する方としては、簡単・安価なのに貴重品のように評価してもらえる、「うまい話」なのである。

旅支度の基本はいかなる情報も信じないことである。そして起きることはすべて最悪の事態を仮定することだ。

だから時速二十五キロくらいしかでないアフリカの未舗装の悪路では、事故の時、牽引してもらうためのワイヤーロープと、タイヤが泥にはまった時に付近の小枝を切り払ってタイヤの下に敷くのに必要なアメリカン・スコップを必ず携行していた。――（中略）――

道を尋ねると、兵隊も警官も、確信を持って間違ったことを教える、というのもまたほんとうである。実際に自分が歩く道を、地図という観念の上に置き換えられる人は、世界中でほんの一握りの人たちに過ぎない。

古新聞紙の効用なども、日本人はわからなくなってしまった。途上国社会で我々が暮らす時、新聞紙は、大地に寝る場合の寒さを防ぎ、床面のデコボコを和らげてくれる貴重品だ。飛行機の中で配ってくれる新聞は、たとえ読めても読めなくても、一部はもらって行くことは当然の構えである。なぜなら、多くの僻地の暮らしはもはや新聞紙とは無縁の世界だからだ。配達のネットワークもなく、毎日、新聞という活字を読む習慣のある人も、それだけのお金のある人もいない。

そこらへんに新聞紙がある暮らしというものがどれだけ豊かなものか、もはや誰も考えないのが、現在の日本人の精神なのである。

私の旅支度（下）

人はなぜ旅をするか。もちろん知的好奇心だという答えがごく普通に返ってくる。私の場合よく、「取材ですか？」と聞かれる。旅から帰ってそのことを書けば取材旅行だったのだが、書かなければ遊びとなる。

四十歳頃だったと思うが、少し収入が増えた頃から、私は出版社から取材費を出してもらうのをやめた。行ってみなければ小説として成立するかどうかがわからない時に、人のお金、つまり「紐付き」のお金で行って、どうしても書かねばならないような気分になるのは、誠実でもないし束縛にもなるように感じたからである。

考えてみると、私は昔から男性の作家ならごく当り前とされていたバーにも赤提灯にも行かない。子供の時から生理的に早寝早起きなのだから、夜の生活が基本的に合わないのである。

踊りを習ったり、着物に凝ったりする道楽もなかった。私がお金をかけてもいいと思ったのは、取材になるかならないかわからない旅に出ることであった。それが趣味だか実益だか明瞭ではないが、作家の金の使い方としては自然なように思えた。

自分が小説を書く上で、私には二つの側面が必要であった。読書（思考）と旅（実体験）である。このどちらかを欠落させても、私は息切れする。この二つが私の中で初めてしっくりと両立して安定したのが三十代の終わりであり、その結果生まれたのが『無名碑』（講談社）であった。この小説は、私が初めて書いた宗教的テーマを心棒にした土木小説であった。私は何度も北タイの田舎の現場に入ったし、日本でダムと隧道と高速道路を勉強するために、いくつもの現場の隅にほとんど一日立っているような生活を何年も断続的にするようになった。昔、小説家の才能とは何ですか？　と聞かれた宇野浩二氏が「ウン、ドン、コン（運、鈍、根）さ」と答えたという有名な話がある。運は別として、私には鈍（適当に頭が悪いこと）と根（根気がいいこと）の二つだけは確かにあるように思われた。

私が旅で最大の無駄遣いをしたのは、五十歳を過ぎてからでかけたサハラ縦断の旅である。サハラは普通の旅のように一人では行けない。常識的な程度に安全を確保しながら旅行するには、いくらかの装備が要る。途中一千四百八十キロだけ、水とガソリンのない完全に無人の砂漠が拡がっていて、ラリーではない私たちが途中誰からの支援も受けずに砂漠を自力で抜けるには、水と燃料の確保が大切な問題になって来る。

同行者六人の中では当時私が一番収入があったので、特殊装備を施した二台の四駆は私が買うことにした。もっともこの車は、九千キロ近くを走った後、終着地の象牙海岸で売ったから、或る程度の費用は取り返したのである。

私はこの旅を、心の中であくまで私の酔狂、無駄遣いと位置づけていたが、実はそうでもなかったのかもしれない。砂漠で一ヵ月近くを生きることは、アフリカとアラブ文化を理解するための実は原点だったのである。

旅の目的は、人によって実に違う、ということはよく知っている。人は誰も、自分流の旅をする他はない。私は一ヵ所に長くいないと旅費がもったいないと思うたちなので、移動が好きではない。しかし同じ日数でできるだけたくさんの土地へ行きたいという人の方が世間には多いように思う。

話に聞いただけだが、世間にはパスポートに押してもらう入国のハンコを集めるコレクターたちのグループがいて、遠いアフリカまで来て一国に半日ずつ移動しているツアーもあった。実は途上国ほど、ヴィザが必要と言い、そのための費用も要り、そのヴィザのハンコの面積も大きくて完全にパスポートの一ページは面積を喰う。それにもかかわらず半日でもその国へ行った証明をもらい、渡航した国の数を増やす、という趣味なのである。

もっとも私がもらったヴィザの中で、今でも一番貴重だと思うのはルワンダのヴィザであった。銀色のシールに名物のゴリラの顔が浮かび上がる凝ったものである。私もこのヴィザが子供のように嬉しくて、同行のこれまた幼児的な趣味のカメラマンと大喜びしたものであった。

だから、旅の目的は何でもいいのだが、一時流行ったタイへの買春旅行などは困ったものだし、私があちこちで耳にする最近の日本の旅行者たちの身勝手もまた、あまり聞いていて楽しい話ではない。学校には、常にうちの子が正しいとする図々しい親たち《モンスター・ペアレント》がいるというが、ツアーの団体客にも、その手の横暴無知な客が後を断たないという。

私の個人的な定義では、政治家や役員の出張ではない個人的な旅は、自分の住む世界から歩み出て、違った空間に出て行くことだ。つまり自分の住んでいる世界を一時的に放棄することを前提としている。『ローマの休日』のあの王女さまの一日のようなものである。もし日常と同じなら、それは大金や時間を割《さ》いて行かねばならないものではない。

私の知人にはたくさん旅行業の関係者がいるが、この業界で一番威張っているのが航空会社、次の段階に属するのがホテル業である。航空会社はその分だけおっとりしているのか人間としては一番柔和な紳士的な人が行く業界だ、とも言う。もっとも反面では、自分の言うことは誰でも聞くと思い込んでいる人も出る。

一番威張っている航空会社の副操縦士の話はおもしろい。その人は、個人の休みで、地中海の或る島に来た。現地に着いたのは夜の十二時。この業界で一番弱い立場とされている現地のツアー会社、つまりランド・オペレーターが迎えた。

このお客からは、必ず海側の部屋を取ってほしいというリクエストが来ていた。その条件は叶えられていたのだが、部屋へ通されると彼は怒り出した。ベランダの前に木が一本あるので、景色がよく見えない。すぐ部屋を変えろ、と言うのである。しかし夜半過ぎでもあるし、八月の十日から二十日の間のリゾート地のホテルは、どこもいっぱいである。ホテル側は、とにかく明日まで待ってくれ、と言う。しかし副操縦士は、明日では遅い。泊まっている人を今すぐ叩き起こして、部屋を明け渡すようにさせろ。うちの航空会社の名前を出せば、そのくらいのことはできるはずだ、と喚《わめ》く。今すぐ対処できないなら、会社に言って、今後うちの客は一切あんたの会社に扱わせないようにしてやる、と怒鳴る。

「こちらの方からそうお願いします」

と思わず現地のツアー会社の人は言ったという。

日本人はほんとうに井の中の蛙なのだ、とこのごろ思うことが多い。日本では名の通った経済人だったり、高級官僚だったり、学者だったりすると、外国でもその名前と地位がそのまま通じる、と考える。しかし一歩日本の外へ出れば、旅行客はただの男か女なのだ。

旅というものは、予想したものとは違い、また決して思い通り、予定通りにはならないものなのだ。この前提は、いかなる旅の場合でも変わらない。しかしただの日本の女や男に過ぎない客たちが、この頃は、外国に出て自分の思う通りにならないと、すぐ威張るようになった。もっとも、そういう態度は、多分緊張、異文化への恐怖、自分の社会的地位を保つことに対する不安などの表現なのだろうとは思うが。

港とか、街中までの距離が、自分の思ったより遠すぎる（近すぎる）。

カーテンがきちっと閉まらない。斜めにしか閉じない。デジカメでその証拠を撮った。一流ホテルにしてはあるまじき整備の悪さだ。

そのホテルは夕陽が売り物だったではないか。パンフレットにも夕陽の写真が出ていた。それもあらゆる部屋から見えるように書いてあった。しかし私たちの部屋からは見えなかった。自分たちは、新婚旅行でそれを楽しみに行ったのに、見えなかったので、目的はめちゃくちゃになった。ホテル代を返せ。

その時期は雨が降らない、という案内だったので、傘を持って来なかった。しかし雨が降って傘がない上に寒くて大変だった。インフォメーションがなってない。

同じ値段を払っているのだから、同じような条件の部屋であるべきだが、確かに隣の人の部屋の方がよかった。

これで何日か旅行をしたが、英語ができないと言って差別された。

冬の旅行では病気が多くなる。ことに最近のように小金を持った高齢者が外国旅行に出ると、出先で体調を崩すことが多い。薬はいつも手元に持っているべきなのだが、預けた荷物の中に入れてしまっていて、急場に間に合わない。

軽い認知症の人が、着いた町でふらふら出歩いて行方がわからなくなる。

ホテルのお湯はいくらでも使いたいだけ出るものと、日本人の団体客は思っている。しかしそんな容量がないホテルも多いから、日本人のグループが来ると、すぐホテルのお湯がなくなる。お湯が出なくなると我慢して寝る、ということができなくて、あくまで文句を言い続ける。

ガイドブックはでたらめだ。最終のバスの出発時刻が間違っていて乗り損ねた。これらのクレームに対して、客が現地の旅行会社やガイドに対して見せる脅しのタイプは次のようになるという。

もっとも多いのはホテル代を払わせる、ということだと言う。パンフレットの写真と見える景色が違っているだけで、ホテル代を返せと言う。顧問弁護士を通じてクレームをつける人もいるが、中には、その時、自分が行かなかった店にまで行ったような顔をしてクレームを付けて来る客がいるところをみると、クレームをうまくつけられれば、得をするという卑しい計算が割と普及しているように見える。

『地球の歩き方』(ダイヤモンド・ビッグ社)という本の編集部に言いつけて掲載を取り消させると脅す人もいる。『地球の歩き方』の被害も少なくないという。お金のないバックパッカーは、その土地の一番豪華なホテルのロビーがいい、という『地球の歩き方』の記事を読んで、お茶ひとつ取らずに最高ホテルのロビーに涼みに行く。すると、豪華ホテルのロビーが、一円も払わない日本人のホームレス風の旅行者で一杯になるというわけである。

他の出版社が出したガイドブックの不備を言う人も多い。しかしそもそも日本のガイドブックは、ミシュランやトマス・クックの発行しているガイドブックと違って、編集時に金を掛けていない。実際そのレストランで食べてみたり、そのホテルに泊まってみるという取材費もないから、ホテルではロビーに坐ってみて「雰囲気明るい」「リセプション感じいい」程度のことしか書けない。

もっとも私からみると、すべてのガイドブックは、遺跡のように一朝一夕にはなくならないものを除いて、その表記はすべて疑ってかかるのが常識だ。——（中略）——観光スポットの開園時間だって、修理中とか夏時間とかで違うことがままあるのだから、現地で観光案内所に聞く他はないのだが、この観光案内所だって、なぜか開かない時もある。人生とは狂って当然と、外国人は思い、日本人はそれを許せない。

暑いと思っていたその土地が、急に寒くなることもある。「あなた、××へいらした時、暑かった、寒かった？」と聞かれることがあるが、寒暖の感じ方は人によって違うし、気候は急変するものだ。こういう聞き方をする人に限って「あなたが暑いって言ったから、薄物ばかり持って行ったら寒くて、風邪ひいちゃったわ」というような言い方をする。それに対抗するには「そうですね。あそこは一日のうちでも気温の差が激しいですから、五度から三十二度くらいまでと思って用意なさったらいいんじゃないでしょうか」と私は答える。しかしこれは答えていないのと同じだ。

旅が自分の予想していたのとは違う、という文句は言い訳にはならない。予想とは違う人生を見に行くのが旅なのだから。予想と違うのが嫌だったら、度々言うことだが、自分の家にいることだ。そうすれば湯船の大きさからカーテンの閉まり方まで、予測どおりの生活ができる。

ホテルには十分にお湯が出ると決めてかかるのもむしろ極めて日本的だ。もっとも先進国ならこの条件はたいてい叶えられるが、湯船の水が漏るところはざらだ。しかしアフリカでも南米でも適温のお湯の確保は難しい。アジアも場所による。朝は熱湯だけ、夜は水だけ出るホテルもあった。そういう場合、朝のうちに熱湯を湯船に溜めておき、冷水でも熱湯でもない温水を才覚で創出する。アフリカにはお湯も水も出ず電気も停電して真っ暗、部屋の中は砂だらけというホテルもある。

夕陽が売り物でも、曇りの日もある。雪景色を見に行くつもりでも、今年の冬は暖冬で、まだ雪は一回も降りません、という体験を日本でもしたことがある人は多いだろう。

外国で結婚式を挙げるツアーも流行っているというが、その非常識を誰も面と向かって言う人はいない。そういう結婚式を平気で受け入れる「教会」なるものの中には、「張りぼて」

の舞台装置的な教会に、神父でも牧師でもない、ただの人が、それらしい扮装をして出て来て挙式を行うことがあるらしい。なぜなら、本当の宗教的重さを伴う式には、その前にかなり長い信者としての証明や準備が必要なのである。信仰というものの本質がわからない人が、キリスト教の結婚式の外見に惹かれてそうした式を挙げるなどというのは、ほんとうは信仰に対する深い冒瀆《ぼうとく》、無知の現れという他はない。

一つの悲劇か喜劇かわからない話も聞いた。二人だけで、挙式をしたカップルの新婦の名前はハナコであった。式の一部始終はホームヴィデオに収めて、出席できなかった日本の友だちや親族に見せる予定である。しかし司式をした偽物か本物かわからない神父か牧師かが、新婦のことを「アナコ」と発音していた。花嫁はショックであった。自分の大切な名前をこんな変なふうに間違えられたのだから、挙式費用は返せというのだ。しかしハの音のない国はある。フランス語圏で、アルファベットで書かれた新郎新婦の名前を、司式者が正式に発音すると「アナコ」になる。これは新郎新婦の無知、その場で訂正を要求する才覚や強さの欠如の問題であろう。

外国を旅するということは、一種の個人的な闘いに出ることなのだ。最終的には、自力で身を守るのである。パスポートの保管を厳重にして、最低限法的な身分保証を確保し、掏摸《すり》などの窃盗行為から身を守り、食事の節制によって健康を守り、乗った船の安全性など基本的には信ぜず、いかなる社会的・自然的変化にも、それなりに対応して自分で生き抜く気構えが必要なのだ。

しかし人生のおもしろさを味わうためにはいささかの不便も危険も代償として受け入れなければならない。だからグループ旅行で守られている旅は、高齢者たちならいいかもしれないが、若者を鍛えるにはほとんど意味がない。そういう変化が嫌なら、この麗しい夢の国日本から一歩も出ない方が賢明である。

中年の冒険の時

今までで、私がもっとも大きな出費をしたのは、サハラ砂漠を縦断する旅をした時である。それは私が一生に一度、したいことだった。銀座には一人で行けるが、サハラを縦断する旅は一人では不可能である。それで旅行は六人で出掛けたのだが、出費の主なものは、最も年長でたまたま収入も多かった私が払うことにした。二台の特殊装備をした四駆を買うことがその主なものであった。

お金だけあれば、そういうことができるわけではないのだ。私はそのことをよく知っていた。基本は友情である。サハラ縦断の旅は六人の仲を決して裂くことにはならなかった。六人は、今でもよく会ってはお酒を飲んでお互いの面前でワルクチを言い合っている。その時から、私は自分がほんとうに使いたいと思うことには、家族や周囲や世間に対する感謝を忘れずに使うことにした。

「何十年も、バーの払いにお金を使うこともなかったんだもの」

というのがその時の私の言い訳であった。私の若い頃（今でもたぶんそうだろうが）、男の作家たちは、日が暮れれば必ず銀座か新宿に繰り出して行ったものであった。中には流行作家で、当時でもバーの払いが月に百万円と噂される人もいた。私もやがて少しは収入が増えたのだが、それでも私はバーにも行かなかったし、他の女流作家のように着物に凝るということもなかった。

私のような生き方がいい、というのではない。一生懸命に生きているバーのママたちを私はたくさん知っているから、あの人たちのことを思うと、私はバー通いをしてもよかったかなと思う。まじめに商売をしている呉服屋さんのことを考えると、私はもっと着物を買ってもよかったのかもしれない。しかし私は何をしなくても砂漠に行きたかった。

「奥さん、サハラに行くんだって？」

と当時他人に言われる度に、夫は、

「砂漠に行くと神が見えるんだそうですよ。しかし砂漠に行かないと神が見えないというのは、不自由なことですなあ」

と笑っていたのである。

夫は自称ものぐさでケチだから、私のような旅行はしない。しかし彼は、私の人間としての希望をできる範囲で叶えてくれた。夫婦が二人して、貯金だけが唯一の楽しみということになったら、それもまた何となく興ざめなものだ、と彼は知っていたのだろう。

これは私の独りよがりの感じだが、人間はどれかを取ってどれかを諦めれば、許してもらえるような気がする。何もかも、という強欲がいけない。しかし人に迷惑をかけない範囲で好きなことをしていれば、それは世間から「愚かな道楽」という程度で許されることが多いように思う。そのどれかをはっきりさせるのが中年以後なのだ。

子どもの教育にすべてをかける親たちはそれなりにすばらしい選択をしたのである。私の周囲には、まだ嬉しいことに二人、三人の子持ちという中年夫婦がいくらでもいる。三人の子どもが高校、大学に進む頃は、どこの家庭でも戦争だ。車から家に運び込むだけだって重い十キロ袋で米を買って来てもあっという間になくなるし、電気釜いっぱいに炊いたご飯は翌朝まであるはずだと思っていても、夜中にお腹を空かせた誰かが食べてしまえば翌朝の予定は狂って来る。スキヤキ用のお肉も五百グラム単位の細切れを三包み買って来ても、どこかもの足りない。その頃の母親は、ブラウスとスカートを買うだけでせいいっぱいだ。ちょっとしゃれたアクセサリーを買いたいと思っても、入学金、進学塾の費用を考えると手がでない。しかしそんなグチを聞かされてもやはりいい選択をした、と私は思う。

事業を限りなく大きくしたい、という人は世間によくいる。私には一番わからない情熱だ。店の数が増え、事業の規模が大きくなれば、必ずどこかで経理がいい加減になっていたり、従業員の数が足りなくなったり余ったりする。従業員の数を適当に保つことだって、地獄の思いだろう。バブルの時には、いつも人手が足りなかった。人が足りないままにサービス業をやるなんて、考えただけでも夜も寝られないほどの心労だ。その人手が最近は余っている。大してすることもなくただ立っている従業員を雇った人が見たら、また胃が痛くなって来るだろう。そんなからくりはとっくにわかっていることだろうと思っていたけれど、たぶんバブル崩壊ではあちこちの大手企業がひどい痛手をこうむったところを見ると、やはりわかっていなかった人もいて、自分ほどの事業の腕前なら、何とかそれをやりこなして行くだろう、と自負していたのだろう。

お墓一つでも、その家や当主の趣味というものが色濃く出る。或る人が事業の最盛期に作ったお墓は立派過ぎて、あの世に行ってもまだ社会的な権勢を誇っているように見えることがある。私はあの世で再び、気楽で温かい家族の再会や団欒《だんらん》を楽しむつもりだから、お墓もちんまりした気楽なのがいい。しかし立派なお墓を作ることが、何より先祖への供養と思っている人たちもいるのだから、私の趣味でものを考えてはいけないのだ。

私はバブルの時代にも、投資ということはしなかった。しかし慎ましい性格ではないから、サハラに行きたかった時のように、自分が使うものでほしいと思うものは、他人がぜいたくだと言いそうなことでも、身勝手にお金を出すこともあった。そういうわがままをさせてもらえることを、私は家族にも、運命にも、日本国家にも、そして神にも深く感謝していた。私はいつも感謝ばかりしていた。当然と思ったことは一つもなかった。たくさん与えられていながら、不平ばかり言っている人もいるが、私はこんなに与えられているのだから、常にせめて何かを諦め捨てていなければならない、と自分に言い聞かせていたくらいだった。

仕事でも趣味でも自分が楽しめる実生活の規模でも、自分の手に余ることがないよう、その範囲を賢く現実的に見定める気力体力は、中年にしかないものなのだ。

文明、便利、豪華と無関係な旅

旅というものは、実におもしろいものだ。その人が日本社会の組織の中にいる時には、いろいろなものやシステムが、その人の欠点も美点もカバーしてくれる。当人は気が利かない人でも、秘書課に気の利く人がいれば、それでボロが出ないで済む。ほんとうは勇敢な人なのに、勇気の見せ場などないという場合も多い。

しかし旅は、その人の人間性がむき出しになる。ことに私の企画するような未開の土地への旅となると、人の美点も欠点も隠しようがない。

前にも書いたけれど、私の旅の多くは、文明、便利さ、豪華さとは、全く無関係の旅である。

「お湯の出るお風呂など期待しないで下さい。水で体を洗えればいいほうだとして下さい。修道院に泊まってもらいますから、ベッドが足りない場合には、床に寝袋を敷いて寝てもらいます。その覚悟をして下さい。トイレは青空トイレで豪華なものです」

と毎年私の言う台詞《せりふ》は決まっている。

この「貧乏を学ぶ旅行」は日本財団が全経費を持つのだから、いささかでも贅沢をさせたら、「それまた響応《きょうおう》をしている」と世間から指弾されるだろう。だから参加者には、その人が普段している生活より明らかに悪い条件の旅行をさせねばならない。そのうえに危険も負担させる。悪路の自動車移動は、事故の危険性や激しい疲労を伴う。行くところはすべてマラリア、結核、エイズ、細菌性腸炎とは、縁の切れない地域である。

そういう旅行の時、さまざまな人が自分の暮らしてきた生活に固執する。私自身も、生き方の癖は抜けないものだなあ、としみじみ思う。

私はとにかく洗濯がしたい。洗濯をすると〝借金〟を返したようないい気分になる、という小心者である。だから蝋燭《ろうそく》や懐中電燈の明かりの中でも、水を使わせてもらえるなら洗濯をして心を休めている。さらに、自分の個室がもらえるホテルに入れて電気の差し込み口がちゃんと効いていれば、十日に一度くらい自分好みのインスタントお粥《かゆ》とお味噌汁をこっそり作って、誰にもやらず、一人ですばらしい朝飯を味わう。そういうズルをする時、私は、人に分け与えることも幸福だけれど、人にやらないことも幸福だなあ、などと改めて考えながら、もちろんそんなことは誰にも言わずに口をぬぐっているのである。

2章

旅の経験的戒め

旅は人を疑う悪を持て

先日、ある外国の町で、若い日本人の女性観光客の話が出た。その町で仕事をしている私の知人の日本人は、よく見知らぬ日本人女性の身の上相談に乗るはめになるという。

女性が遭遇する被害の典型は、町中で親しげに話しかけてくる土地の男にレイプされるケースである。日本に行った時、日本人によくしてもらった。日本、大好き。その時のお礼をしたい。ごちそうしたい、と言うのだそうだ。

すると日本人の女性たちは、いとも簡単について行くらしい。どこか安い所でごちそうしてくれる場合もあるが、たいていは自分の家なる場所に連れて行く。そしてそこで突然態度が豹変して乱暴に及ぶ。

ほとんどすべての女性たちが泣き寝入りをするのだが、そのうちの少数が腹を立ててその人のオフィスに何とかしてくださいと訴えにくる。しかしそんな苦情をこちらの都合のいいように土地の警察が素早く処理してくれるわけがない。どうして見知らぬ男を信用してついて行ったのだ、というのが世界的な常識である。すると娘たちは、友達と二人だから大丈夫だと思った、などと言うのだそうだ。

西欧の社会は、ナイフと鍵が常識の世界だ。鍵がなくて済むなどと昔も今も考えたこともなければ、ナイフを持ち歩くのを禁止しようなどという話が出るはずもない社会である。友達と二人連れであろうが、鍵とナイフにどうして立ち向かうのか。

日本人は国内の穏やかな社会に馴れて、人を疑うのは悪いことだ、などと、いい年の大人までが考えている。だから国防を考えることもなければ、外交力によって言うべきことは言い、常に相手との力の均衡も保つだけの度胸と駆け引きもない。さらには相手を徳の力で屈服させるだけの個人的な誠実もない。

人を疑う力がなければ、人を信じることもほんとうにはできない、と私はいつも書いて来たが、昔私の子供の頃、カトリック教会では、ラテン語でミサを唱えていた。九五パーセントは何を言っているのかわからなかったが、中に一ヵ所「メア・クルパ」という言葉を三回唱えるところがあった。その呪文のような言葉の意味をある日私は尋ね、それは「私の罪」ということだと教えられた。ミサの中のその祈りの場所で、私たちは「おお、我が罪よ」と各人が無言のうちに、自分の醜さを認め、心の中で自分を責めたのである。

人を疑い続けた後に、相手が悪人ではないと知った時こそ、人は心からそう唱えただろう。こんなことを言うと日本人は、「じゃ人を疑わずにいれば、罪人にもならないで済むじゃないですか」などと幼稚なことを言う。

人を疑わないで、殺されても、財産を奪われても、国を取られても文句を言わないならそれでいい。しかし世界的にそれは愚か者のすることだとなっている。自分で自分をできるだけ穏やかな方法で防御することが人間の義務だとすれば、やはり人を疑って、後で「私の罪」として処理する他はないのである。

外国に出ればみな泥棒と思え

私は今までに、ずいぶん世界の変わった国々を旅行してきた。そのせいかもしれないが、疑う能力は人より開発された。そんな能力を開発されて、どういいことがあるか、という人もいるが、私はほんとうによかったと思っている。そのおかげで、私は少し危機管理能力を身につけたのである。

外国に出れば、隣に坐った男は、泥棒だと思っているから、私はいつも自分の足に鞄《かばん》の一部が触れるようにして坐っている。あまり風紀のよくない人込みに出るときは、アクセサリーもはずすか、服の中に入れてしまう。両替の男はその国流の「ときそば」をやってお札の枚数を誤魔化《ごまか》すに違いないから、怪しげな所では、どんなに得になるだろうと思われても金を替えない。タクシーの運転手は、もしかすると変な人かもしれないから、外国で一人で乗る時はいつもライターを持っている。車に火をつけて止めさせるためである。もっともまだこんなブッソウなことは一度もしたことはない。

ホテルの部屋に開けっ放しで鞄をおいておいたり、現金やパスポートを残して来るなどということは「さあ、お盗みください」と言っているのと同じである。日本では盗むほうが悪いが、外国では盗まれるほうが悪いのである。――（中略）――

私自身は用心しているので、まだ盗まれたことも掏《す》られたこともないが、ジャマイカで白昼堂々ひったくりに遇《あ》った。よもや昼間の繁華街でそんなことがあるとは思わなかったのである。その時私は、ほんものの金の鎖と金のペンダントをしていた。鎖が切れてくれたので、私は首に軽い擦過傷を受けただけで済み、ペンダントの部分はぽろりと下に落ちて盗《と》られなかった。

こういう目に遇うといいこともある。

それまで私は自分の年を考えると、あんまり贋物《にせもの》の装飾品を身につけたくないような気がしていた。しかしその日以来、私はきっぱり考えを変えられた。私はニューヨークの飛行場で金色のずっしりと重い鎖を十ドルで、金色に燦然《さんぜん》と輝くブローチを二十ドルで買うと、旅行にはそれを使うと決めることにした。普段はしまっておいて旅行の時だけ持って行くようにしている。今ではお金持ちはみんな贋物を使うのよ、と誰かから聞かされて、いっそういい気分である。私は贋物を使うほどの金持ちなのだ。

アラブの旅から厳しい処世術を学んだ

一九七三年のオイル・ショックを契機に、私たち日本人は、それまでほとんど無縁と言ってもよかったアラブやイスラム文化と触れるようになったのだが、私もその頃からこうした土地にしばしば行くようになった。一つにはその頃から私が聖書に打ち込むようになって、その勉強を始めていたからである。

私は何も知らなかったために、砂地に水がしみ込むように、教えてくれる人の言葉を聞いた。その中でも、もっとも真髄を伝えていたのは一つの処世術であった。

「ソノさん。土地の連中が『ドント・ワリー（心配ない）』と言ったら、必ず心配したほうがいいことがあるんです。『ノー・プロブレム（問題ない）』と言ったら、まずまちがいなく、問題があるんです」

私はこの教訓を、ほとんど愛したと言ってもいい。その土地の人は嘘つきだとか、外国人を馬鹿にした不誠実な人種だとか思わなくて、しかしこの知恵を学んだのである。

それは私が彼らの生活を厳しい、と実感したからだろう。私は彼らの生活に「同情した」のである。同情という日本語はともすれば自分を上において、相手を見下して憐れむ、というニュアンスがあるが、そもそも「同情」は英語で「シンパシイ」とか「コンパッション」とか言う。「シンパシイ」の元はギリシャ語の「シュンパセウオー」である。「シュン」は「共に」という接頭語、シュンパセウオーは「同じ思いになる」「思いやる」という意味だ。つまり相手の立場を深く理解し、あたかも自分もその立場にいるように感じることである。

中近東の土地はどこも多かれ少なかれ沙漠か荒れ野である。そうでなくても水の極度に少ない土地で、水道とも湧き水とも温泉とも小川のせせらぎとも無縁なのである。太陽はいつも情け容赦なく照りつける。土地自体が、人間が生きていきにくい場所なのだ。

そういう土地で生存していくには、まず自分と自分の部族を守らねばならない。水の利権は厳密に確保しなければ部族が全滅する。だから同じ部族の中でも弱い者は死んでいくという淘汰《とうた》の原則も適用しなければならない。ただ同時に憐れみに欠けてはならない。敵対部族といえども、庇護《ひご》を求めてきた時には、自分のパンを半分に割いても相手に食べさせねばならない。

私はアラブの世界からも人間の生きる厳しい現実世界を教わった。少しくらい嘘も裏切りも詭弁《きべん》も弄《ろう》しなくては、生きていけない土地なのだ。

相手が、いい人でも正直な人でもないだろう、と反射的に思うことは、日本以外の土地では実に有効な身を守る手段であり、柔軟性でもあった。商売の上でも彼らは、吹っ掛けるだけ吹っ掛ける。それで騙されるほうが悪いのである。相手が騙されたら、吹っ掛けたほうの勝利だからだ。私はまず用心し、初めから相手を部分的にしか信ぜず、したがって裏切られても騙されても怒ることはなくなった。

こんな土地でも「騙される気で騙される」含みは必要だった。日本の都々逸《どどいつ》にもそんな文句がある。騙される気で騙される程度なら、大きく騙されることはないのだし、騙されてやることは相手に幸福を与える。だから憎まれて大きく仕返しをされる危険もない。ということは犯罪に巻き込まれる危険を減らす効果もあるのである。

豊かさを知る旅に行きなさい

日本の個人生活に豊かさがない、と言う人たちには、私はやはり、一度、アジア、アフリカ、中近東、東欧、ソ連、中南米を、一人で旅行して来て頂きたい。これだけで、地球上の大きな部分を占めるが、そこでどのような生活があるか、実際に見てきてほしいと思うのである。

自分が持っていないものを嘆くなどということは平凡なことだ。しかし人間の慎みは自分の得ているものを謙虚に冷静に、地球的視野の中で評価することにある。

先日一人の商社マンに会った。北京《ペキン》に赴任している時、休みで時々日本に帰って来ていた。その度に小さな娘は北京に帰るのを嫌《いや》がった。任期が終わって引き上げて来た時、小学校三年生になっていた娘は、何度も父親に念を押した。

「パパ、もうほんとに帰らなくていいのね」

日本にいるベトナム難民が、「飲む水で体を洗っていいのですか?」と聞いたという言葉を私は改めて噛みしめる。それが、普通の感覚なのだ。まだアジアの多くの土地では、人々は体を泥色の水で洗っている。日本の水道の水は壜詰《びんつめ》の値段で売れる水なのだ。

マダガスカルの貧しい修道院が経営する産院に、日本製の保育器を送ったことがある。そこで働いている子だくさんの未亡人は、産院側の保育器への関心をよそに、保育器が入れられていたダンボールの箱を気にしていた。彼女は日本人のシスターに、あの箱はどうするのか、誰にもやらないで、自分にくれないか、と真剣な目つきで言った。

「欲しいならあげますよ」

とシスターは約束した。一室に親子六、七人が寝ているような暮らしである。ろくろく家具もなかった記憶があるから、箪笥《たんす》の代わりに子供の服でも入れるのだろう、とシスターは思った。

その未亡人は、約束を取りつけたものの、箱を誰かが、先にもらってしまうのではないか、と心配でならなかった。それに気がついてシスターは彼女に箱を渡しながら、何に使うのかと尋ねた。

彼女の借りているボロ屋の屋根はないも同然であった。雨の日には寝ている子供たちの上に雨水が降り注ぐ。ダンボールは折り目を開いて屋根の代わりに床に寝ている子供たちの上にかぶせるためなのであった。それを開いて、私の働いていた小さなNGOの組織（海外邦人宣教者活動援助後援会）はこの未亡人のために二十万円で屋根を葺《ふ》いたことがある。

別の日本人のシスターたちは、チャドというアフリカの小さな国の、首都ではないが、地図にちゃんと載っているほどの市で教育のために働いている。しかしそこには電気がない。

「ランプで夜会議をしたり、少しノートをつけたりしようと思うんですけど、だんだんこちらも老眼がかかって来ていますから、つい辛くなってもう寝てしまいましょうか、と思うようになるんです」

とシスターの一人が言われるので、私も、

「そうそう夜は、寝るに越したことはないんですよ。『明日できることは今日するな』という格言もありますし……」

などとふまじめなことを言っていたが、私は『砂漠《さばく》・この神の土地』というサハラ砂漠縦断記の中で、文明というものを極めて軽薄に定義し、その一つとして「夜の時間が使えることと」と書いている。別に「蛍の光、窓の雪」で「文読む月日を重ねる」ことを目指しているわけではないのだが、電気を引き、住民がテレビを持つようにさえなれば、それだけで、出生率が下がることはどこにでも見られる現象なのだから、国民に電気も与えられないような政府は（だからと言って決して植民地になれ、というのではないが）独立国家を経営して行く資格はないと言われても仕方がないと思っている。

たまには途上国の悪路を体験するといい

若い頃、私はインドの癩《らい》病院に滞在して仕事を学んでいた。看護師さんたちを泊める宿舎があってその一室をもらっていたのだが、部屋には空調どころか扇風機もない。夜、窓を開けて寝ることも厳しく禁じられていた。ドロボウもいる。ジャコウネコなるものが飛び込んで噛まれたりすると、狂犬病にかかる恐れもある、という。

閉め切った室内は何度あったのか。外気温は四十二度くらいだった。それでも団扇片手にパタパタ扇ぎながらどうにか寝入ったのだから、若さというものはすばらしい柔軟性を持っている。

インドで初めて、自動車で移動する時、窓をあける方が閉めておくよりもっと暑いことを知った。熱風が吹き込むのである。そういう時には、水に浸けた後、ようやっとぽたぽた水滴が落ちない程度にしぼったバスタオルを服の上から羽織ると、かなり有効だった。男の人たちは、ほんとうに暑い時には、石の床に濡れたバスタオルを敷き、その上で眠るのだそうだ。これも一つの智恵である。

「体には悪いでしょうけどね。全く眠れないのも体に悪いですからね」

と彼らは言っていた。

空調の完璧な家やホテルは、私に「快適」という途中の思考を飛ばした答えは与えてくれたが、その過程や解決方法を考えさせる訓練は全くしてくれなかった。

時々私は機嫌がいいと言われることがある。実は私はイジワルで不遜で、忍耐心もあまりない。機嫌がいい人などとほめられる要素は全くないのだが、子供の時から苦労して育ったおかげで、仏頂面をして生きるのと、とにかく表面だけでもにこにこして暮らすのと、どちらが無難かという選択だけはできるようになったのである。

これ以上乗り心地のいいシートはないと思うようなベビーカーで育った赤ちゃんは、将来どうなるのだろうか。今私の家庭には、全く幼い子供がいないので、観念的な答えしかできないが、そんな子供はバスに乗ればシートが固いと文句を言い、自家用車を買う時には家計の状態も考えず高級車を買いたがるだろう。夏になって首や背中に汗疹《あせも》ができるような時にもそれを防ぐ方法も知らない。なぜなら、幼い時から、汗疹なんてできたこともないからだ。

しかるに、世界の半分以上はひどい暮らしをしている。国によっては、道路の九割は、穴凹だらけの未舗装の道なのだ。そこを路線バスさえろくろくないので、何キロでも歩く暮らしをしている人もたくさんいる。揺り上げられ突き落とされるような悪路を、シートベルトだけをたよりに私はよく途上国の悪路で眠りこけ、「曽野さん、死んじゃったんじゃないかと思ったら、生きてた」と同行者に言われるが、過保護に育った子はそんな体験をしたくないだろう。もちろんその子が自分のひ弱さを自覚して、自分で自分を改造すれば、私以上に強くなるだろうが……。

親は子供にむしろ厳しさに耐えることを教えるのがほんとうの親心だと私は思っている。一日くらい食べなくても平気。長く歩ける。悲しみに耐えて生きて行く。ものがなければ工夫して生きる。こうしたことができる子供だけが、心身共に生き延びるだろうし、幸福も手にするのである。

道の「倒木」が見えたら引き返せ

そのルートからほど遠からぬところで、旅行者の車が強盗に襲われた、という情報が入った。その国の軍隊の警備をつけていた民間人の車が襲われたのである。相手も武装した集団で、一人死亡、二人重傷、という。もっとも、これは大使館の未確認情報であった。

しかし小心な私はすぐに陸路の移動を取り止めた。飛行機の席は確保してあったから、旅程は変更しないで済んだ。小心な私としたことが、四駆を七台連ねて移動するなどということの無謀さを、反射的に忘れていたことが恥ずかしかった。

日本人は日本で見る四駆しか考えない。いずれも新車かそれに近いピカピカの車である。その車に飾り物のスコップなどをつけて舗装道路の上を走るのだから、事故を起こしてエンコしている四駆など見たことも想像したこともないのである。

しかし途上国の四駆は、その国の将校などが、軍から支給されている自分の乗用を、運転手つきで貸し出して金稼ぎをしているような場合でも、車はかなりすり減っている。もし七台の車列を組んで、その中の一台が故障したら、他の車も一蓮托生して停まらねばならない。

九時に出発して一号車が十時に故障し、直るのに三十分かかって出発。十一時五分に三号車がパンク、それでまた十五分停まって、今度は十二時に七号車のエンジンが過熱して停まる。こういうことになったら、目的地に着くのはいつになるかわからない。

つまり七台の四駆の車列は、一台で走る時の七倍の率で故障が起き、その故障がまた沿道のゲリラの襲撃の好機になるとすれば、危険は七倍に増えるわけである。

昔、道の前方に「倒木」があるのが見えたら、何だろうと思って近づいて見るなどということをせず、見えた瞬間に車をUターンさせて元へ戻るのが、ゲリラの襲撃を避ける一つの方法だった時代がある。ゲリラは、わざと道路上に木を倒し、そこまで来てどうしていいかわからずに停まっている車を襲撃する、というのが、昔からの常道なのだ。その基本を忘れるべきではなかったのである。

外界に興味のない若い女性たちへ

ミラノという町は、あるいはパリという都会は、ファッションの中心地と思われているが、そこに買い物ツアーに出かける日本人の若い娘、あられもない人妻たちの行動が、どれほどの侮蔑《ぶべつ》の対象になっているか、という話は意外と日本には伝わっていないのかもしれない。いわゆるブランドを売る店では、セールの日などは開店前から店の前でうろうろドアの開くのを待ったり、長蛇の列を作ったりするのが日本人観光客なのだ、という。それを見て町の住人たちは呆れ返り、ばかにしている、と、そうした町に住む日本人たちがいやがるのである。

これらの日本人たちは、店が創り出したブランド信仰の網にみごとにひっかかった魚たちなのだ。それを知っているから、本来なら、丁重に客を扱わねばならない店員までが、あきらかに日本人に対してはバカにした様子を見せるのだという。商品を投げて寄越したり、横柄な口をきいたり。

しかしそういう言葉もわからないから、日本人の客たちは、時には商品を巡ってつかみ合いをしたり、あらゆるものを押えようとして自分の腕の中に品物を抱え込んだりする。これを狂気と言うか恥知らずと言うか。

親の顔と同時に、教師の顔も、時には夫の顔も見たい、という人もいる。最近では、新婚旅行の夫までがこうした店で妻の言いなりになって、バーゲン買い漁《あさ》りの手伝いをしているからである。

一体、親と教師と夫たちは、彼女たちにどんな精神的な教育をしたのだろう、という素朴な疑問が頭をもたげるのは自然だろう。

彼女たちは、人間を創る必要があること、創られた人は他に二人といない存在として、他者に認識させる要素が何であるかさえ、習わなかったのである。

まず健康な肢体。これは先決問題だが、こうした女性たちの多くはダイエットのし過ぎでやせ衰えており、姿勢も悪く歩き方も踵《かかと》を引きずって老婆のようである。若い娘が高価なブランドものを持てば、ヨーロッパの常識的な社会では、結局のところその女性はまともな生活をしているとは見られず、つまり売春婦のように思われるだけである。

さらに何よりも人間を魅力的に見せるのは知性と教養である。その二つがあればまずすばらしい男たちが必ず寄ってくる、ということになっているのは、決して慰めではない。正しい言葉遣い、親切で折り目正しい物腰、人生に対する誠実な受け止め方、自然な向上心、といったものに人々は必ず魅力を感じるのだが、ブランド漁りの女性たちは、外国語はおろか、日本語でさえ知的な話ができない。会話に魅力がなくては、どんな美貌も美しいとは見えないのである。

恥も外聞もなくブランドものにたかる行為は、今では韓国人と中国人の特技になりかけたと言う人もいるが、いずれにせよ彼女たちは、そのような浅ましい行為が店員をはじめとする外部の人たちに、どう見え、どう軽侮されているかを全く意識しない。どんなに欲しくても浅ましい行為をしてはいけません、それでは精神のお洒落《しゃれ》がないことになりますよ、と誰も教えなかったと言えばそれまでだが、恥を知る心などという観念自体がなくなったのである。

自分の欲望に忠実なことが人権であり、自分に誠実であることがすべてを超えた善であり民主主義も認めるものだ、と社会が思わせたから、こういう人たちが出てきたのだ。

私たちは、自分以外の多数の人の中で、自分と同じ考えや好みを持つ人などほとんどいないことを知り、彼らの眼には自分はどう見えているだろうか、という疑問から、自分を客観視する習性を学ぶ。生まれながらに、この操作ができる叡知《えいち》を持つ人もいるが、多くは「そんなことをしてみっともないじゃないの」とか、「そんなふうにすると、周りの人に迷惑がかかるでしょ」といった家族や友人の言葉から自分と他人の関係を学習したのだが、今は「自分以外の外界」というものを意識しない人が実に多くなってきた。

日本人よ、「精神のおしゃれ」を思い出しなさい

「精神のおしゃれ」というものを意識しない人が多くなってきた。男性の場合は、英語で言う「ギャラントリー（gallantry）」の精神がその一つである。これは、中世の騎士道に通じる勇気と、女性に対するていねいな行動のことである。

いつだったか、南フランスを旅行した帰り、パリまで八時間ほど列車に乗った時、同じコンパートメントにたった一人若者の先客がいた。私が乗り込むと、その青年がさっと立ち上がって、荷物を棚に上げましょうか、と聞いてくれる。私はフランス語もほとんどできないのだが、それがきっかけで、ちょっと話しかけると、彼は二十一歳の海兵隊員で、

今は軍艦で炊事係をしているけれど、兵役が終わったら以前のようにレストランでまた働きたい、と言う。

それで、今日はどこへいらしたの？　と聞くと、スペインとの国境に住んでいるパラシュート隊員の兄に子供が生まれたので、休暇を利用して、初めて甥の顔を見に行って来ました、と私に甥の写真を見せてくれる。朝食用に持たされた私のフランスパンのお弁当があまりに大きいので、半分食べませんか？　とすすめたら、朝飯はもう済ませてきましたので、と礼儀正しく断る。

二十一歳の青年が、私のようなオバサンと、最後まできちんと話をするのです。それも私のフランス語がたどたどしいので、こちらがわかるように丁寧にしゃべる。そして、私が降りる時にまた荷物をちゃんと下ろしてくれる。フランスでは、それをマナーとして、小さい時から親が躾けるわけである。

日本の男性も、昔はそういう精神を持っていた。私の夫はもう九十歳近いが、今でも道端で、バギーを押しながら買い物袋を提げて子供を抱いている母親が数段の階段のところにさしかかると、さっと走って行って手を貸すし、列車の中で女性に「荷物を棚にお置きしましょうか」と声をかけることをする。

そういう男性が日本ではめったに見られなくなったのは悲しい。女性に手を貸すどころか、最近は、いい年をした男性まで、電車に乗って来るなり、我先に座ろうとするのである。

今の男性は、教会で帽子を取ることも知らない。レストランで帽子をかぶったまま食事をしている人もいる。男性は屋内では帽子を取るのが礼儀なのだ。スープを音を立てて飲んだり、サラダの皿を持ち上げて食べたり、パンを千切らず大きなまま齧《かじ》りつく。両隣の人にまんべんなく心を遣って、それぞれに適した話題で静かに会話をするという義務も果たさず、ただ黙って食べている男性もいれば、大きな声でしゃべり散らす女性もいる。

私は、そういうことをほとんど学校で躾けられた。駅や廊下で子供でも走らないこと、大声でしゃべらないこと、などを教えられたのである。

日本人は親がダメで教師がダメで、模範となる老人がいないから、若者の社会性が育たないのだろうか。

電車に乗れば、席を詰めもしないで、なんとなく二人分の座席を占領している男女を見ない日はない。人前で平気でお化粧をしたり、歩きながらものを食べたり、下着が見えそうな短いスカートを履いたりしている。外国で暮らしている知人は、日本の女の子の服装を見て、「まともな女性が着るものじゃない。どうぞ襲ってちょうだい、と男にアピールしているようなものです」と言うのである。年長者は本来、そういうことを教えてやらなくてはいけないのである。

年寄りは持てない荷物を持つな

外出や旅行をする時に、年寄りは荷物を持ってはいけない。同行者がいなければ自分が疲労し、同行者がいれば見るに見かねて「お持ちしましょう」と言わねばならなくなるからである。中には、それを半ば当てにして荷物を持つ年寄りまでいる。

老人だからというので、旅先で買い物一つしてはいけない、というのは労《いたわ》りがない、差別だと怒る人がいるが、そうではない。

私はまだ老人という分類を受けるには早い年頃から、まず荷物を持てなくなった。それに加えて六十四歳と七十四歳の時、それぞれ左右の足首を骨折した。人間の老化はその人の個性によって出る。歩く速度から遅くなる人もいるし、歯が真っ先にだめになる人もいる。私は足も早く、歯も丈夫だったが、早々と荷物が持てなくなったのである。

若い時は、私も旅先でよく買い物をした。今でも覚えている一番強欲《ごうよく》な買い物は、北陸で寒鰤《かんぶり》を一本買っておろしてもらい、四十切れほどになったのを東京まで持って来たことがある。それほど私は食いしん坊だったのである。

しかし私はしだいに、ハンドバッグまで軽いのを持とうとするようになった。鰤を一本買って帰るなど、夢のまた夢である。もっとも最近では、宅急便とかクール便とかいうものがあるから、鰤が欲しければ、クール便で送ってもらえばいい。つまり自分ができないことは、自分で費用を払って（人の好意に頼るのではなく）自分の希望を達成するという手だては残されている。しかし世間で不評なのは、お金を出さず、「何となく」ただでしてくれる人を当てにするという老年の卑《いや》しさなのである。

年寄りでなくとも、障害者でなくとも、誰でも自分が荷物を持てなくなったら諦めるのだ。あるいは、それほど土産を買うような経済的な余裕があるなら、自分よりずっと若い荷物持ち役の付添いを、外出の度に自分の費用で連れて行くことである。買いたいもの、持って行きたいものは、その人に持ってもらう契約をすれば、誰に遠慮をすることもない。

秘書を連れて旅をするとぼける

中年以上の日本人は今、ぼけ防止のトレーニングをするのに熱心だが、私は二つのことが最も有効だと考えている。

それは旅行と、料理を含む家事一切である。

四十代にもなって仕事で旅先へ行くと、私はよく、「今日はお一人ですか?」と聞かれることがあった。勘の鈍い私は、誰か秘密のボーイフレンドでも同行していないのか、と聞かれたのだと思ったのだからこっけいなものだ。しかしそれは、つまり私が秘書を連れて来なかったのか、という質問であった。

四十代、五十代なんて、体力はある。四十代に眼の病気をした時は、私は駅や空港の案内表示板が全く読めなくなったが、それでも私は一人で旅行をしていた。幸いにもここは日本で、私は日本語が喋れるし、日本人は皆親切だ。訳を話せば、ゲートは何番ですよ、と代りに読んでくれる。その後は耳がよかったからアナウンスを聞いていればよかった。

私と同じくらいか、それより若い人が秘書を連れて歩く理由は、もちろんわからないではなかったが、そんなことをしていると、ぼけるだろうな、というのがその時の感じだった。秘書が切符も保管し、乗り換えの駅も教えてくれる。目的地へ着けばすばやくお迎えの車を探す。秘書はりこうだが、秘書を連れている偉い人はぼけ老人のように見える。

障害者には手助けが辛《つら》い場合もある

もう十年以上も前、盲人や車椅子の障害者といっしょに、毎年のようにイスラエルなどを旅行していた。イスラエルでキブツ（集団農業共同体）の経営するホテルに泊まることになると、私たちの多くの場合ほっとしたものであった。ここの特徴は自分の農場で採れた野菜や果物をたくさん食べさせてくれることと、必要最低限の設備はあるがテレビなどはおいてなく、従って値段も安いことだった。しかし何よりありがたかったのは、障害者専用の部屋が数室は用意されているという点であった。

そういう部屋の鍵をもらい、ボランティアの一人として車椅子を押して行くと、すぐさ

ま室内を一瞥した障害者に、

「あ、こういう部屋なら、僕一人で大丈夫です。うちと同じで、使い方わかってますから」と言われることがあった。障害者だってたまには一人になりたいのである。ことにお風呂やトイレなど、人に手助けをしてもらうのは辛い。

キブツには、質素ながら、必要なだけの設備はある。ドアの間隔が広い。湯船はなくて、どこの部屋もシャワーだけだが、だからこそ障害者の多くの人は、自力だけか、自力がほとんどという状態で、気楽に入浴できるのだ。――（中略）――

しかしまた、障害者の方でも、何でもわがままが通ると思わないように教育すべきだ。私は将来、自分が行動不自由になった時、まずお風呂に入ることからいち早く諦めようと思っている。老人や障害者が、シャワーだけでいいと納得すれば、介護者はどれほど楽になるかしれない。イスラエルのキブツの宿舎には、ドアのない空間の真下に排水口があり、真上から円形に降ってくるシャワーがあった。その下に濡れてもいい椅子をおいて、シャワーキャップをかぶった障害者が座り、ゆっくりと温かいお湯のシャワーを楽しめるのである。

湯船に入ろうと思うから、個人の家では入浴がむずかしくなり、介護の手がかかることになる。ドアと壁を一部取り払いさえすれば、車椅子が通らないという問題も解決する。入浴時には玄関の鍵を掛ければいいのだ。

少年の「お金もらい」に会わなかった例外

アジア、中近東、アフリカでは、イスラエルを除いて、どこでも子供の乞食がいる。本当に今晩食べる物がなくて、どこかでパンを買うお金を稼いでおいでと言われている子もいれば、幸運にも少し小銭をもらえればトク、と考えている子もいる。唯一の例外はパレスチナ難民キャンプの中だった。子供はたくさんいたが、そこではたった一度も「バクシーシ（お心づけを下さい）」に会わなかったのである。

私は単純に感動し「偉いもんですね。難民キャンプの子供たちはもともと苦労人だし、七つ、八つからレンジャー部隊紛《まが》いの軍事教練をしてましたからね」などと言ってしまった。そのことが教育上いいというわけではないが、そのような過酷な運命を背負って立つような日常を強いられていると、「乞食遊び」などやっていられないのだろう、という意味だったのである。

ところがベイルート住まいの或る日本人は、こういう私の言葉を軽くいなして言った。

「そういうことじゃないんですよ。彼らはソノさんを見ると一目でこの人は金を恵んでくれそうにない人だと、わかったんですよ。何しろ彼らは音に聞こえたフェニキア商人の末裔ですから」

私は確かに「乞食遊び」の子供たちには、お金を遣らないことにしていた。うっかり一人にやると、我も我もと押し寄せて、脱出できなくなるからである。何しろエジプトのルクソールの遺跡にいた時は、私は一人で、何百年も盗掘だけで生きて来たという村を抜けて遺跡に通わねばならなかった。子供たちは私にまつわりつき、中には、私に宿題帳を見せつけるものまでいた。宿題を褒めるということは、ただ誉めることではない。当然小銭が出るはずだ、というしたたかさである。その時、私は子供たちさえも無視しなければならない、という現実を知らされたのである。

値切ると5分の1になるイスラエルの買物事情

どの程度、吹っかけるか、について誰も確実なことは言えないが、私の体験だと五分の一になることは多い。相手が千円といったものは二百円にはなる。もちろんそうなる時は、私が本当に買いたいと思っていない時である。「まけてもらえないならいいわ」と店を出かけると、「待って待って奥さん」と呼び止められる。日本人なら、最初に五倍もの値段を吹っかけたことが恥ずかしくて、そうそう安くはできない、という感覚があるが、彼らは決してそんなことはない。

まだ若い頃、イスラエルで遠藤周作さんと私たち夫婦が一緒に旅をしていた時、本当におもしろいことがあった。

遠藤さんと私たちが広場を歩いていると、アラブの商人が土産物のネックレスを売りつけに来た。今正確な値段を覚えてはいないが、「千円」くらいのことを言ったのである。遠藤さんも旅のベテランだから、決して言い値では買わなかった。「五百円」と遠藤さんは値切った。

ヒゲのおやじは少し考えていたが、「ＯＫ」と言った。半分に引かせたのだから、遠藤さんはかなりいい取引をしたように見えた。遠藤さんは私に、「甘いことを考えてちゃいけないよ。半分にはなるんだよ」と教えてくださるつもりだったのかもしれない。

しかしこの小さな町角のドラマには、第二幕があった。遠藤さんがお金を払い、ネックレスをポケットに納めて数分もしないうちである。その辺の店先を覗いていた夫が、嬉しそうな声を上げた。

「おい、遠藤、これを見ろよ」

そこには、今しがた遠藤さんが買ったのと全く同じネックレスが三百円で売られていたのである。それは言い値だから、交渉次第で確実に二百円にはなるだろう。いやもしかすると百円になるかもしれない。

ドラマには第三幕があった。この時、突然遠藤さんに五百円で売りつけた男が、恥ずかしそうな顔をするどころか、極めて嬉しそうな笑みを浮かべながら再び近づいて来て遠藤さんに言ったのである。

「ユア・プライス。ノー・プロブレム（お前のつけた値段だ。文句ないな）」

彼は恐らく儲けが大きかったことが嬉しくてたまらずそう言いに来たのである。つまり遠藤さんは、二、三百円の損で、こんなにも大きな幸福を相手に与えたのであった。ヒゲの男はその日一日、ずっとにやにやしていたに違いないが、それは相手を騙したというものではなく、ただいい商売ができたことを神に感謝する、といった類のものであったに違いない。

一杯の水を飲めば射殺されても仕方がない国

日本は、山があるおかげで水にも恵まれている。そのありがたさを普段の日本人は意識しない。しかし、砂漠地帯に行けば、水の貴重さが身にしみてよくわかる。

あらゆるオアシスは必ず特定の部族が所有していて、そこから所有者の許しもなく一杯の水でも飲めば、射殺されても仕方がない場合がある。砂漠では、携行していた最後の一杯の水を私が飲めば私が生き、その分の一杯の水にありつけなかった人は死ぬかもしれない。水は命の源だから、その管理は信じられないほど厳しいのである。

私たち日本人は、水汲みに行く必要もなく、水道の蛇口をひねれば水があふれるように出て、飲める水でお風呂にも入れば、トイレも流す。言ってみれば、ワインのお風呂に浸かって、ワインで水洗トイレをきれいにしているようなものだ。お湯が出るなんて、王侯貴族の生活である。自分の努力でもなく、そういう贅沢をしていられる国にたまたま生まれさせていただいたその幸せを、私はいつも考えている。

外国で肉を食べる時は生きている動物を殺す悪を意識せよ

マダガスカルの田舎に、日本からの寄付で小学校ができたお祝いの式典で、学校は、牛を一頭、村人に振る舞った。校庭でもあり修道院の敷地の一部でもある空地で、牛一頭を屠《ほふ》ったのである。百人近くの子供たちも物珍しそうに眺めている。私たちと同行していた日本人の熱帯病の研究者のドクターたちも、牛の解剖は見たことがないと言って熱心に見学している。

私は何度か外国で、日本食を食べたがる日本人のために親子丼を作ります、と言ったのだが、そのすぐ後で「しまった」と思ったことがある。その国では、食材はまだ生きた鶏のまま台所の外に運ばれて来るので、鶏は殺して肉にする作業から始めねばならない。他人が締めてくれるにしても、断末魔の鳴き声を聞くのは辛い。

肉を食べるなら、少なくともその工程を人生で一度くらいは正視するのが人間の義務だろう。東京の虎ノ門にある財団で働いていた時、私は途上国援助もする職員に、一度は鶏を殺す現実を教育的に体験させるべきだと思っていた。しかし財団の建物はわずか八階である。周辺のビルはすべてもっと背が高いから、隣のビルから見ている人が「あの財団は実に残酷だ。屋上で職員に鶏を殺させている」と苦情を言うに違いないと思って実行に移さなかった。だがほんとうは、人間の行動と意識は首尾一貫するように教育するべきだった。

肉を食べるなら、動物が肉になる過程から眼をそらしたままでいるというのは、卑怯である。人は善ばかりするのではない。時には悪もして生きるのだが、その悪を、せめて意識してするのが人間の責任というものだろう。

旅の健康を保つ鍵は「食べすぎない、夜遊びをしない」

今の私の健康を保つ二つの鍵は、まず食べすぎないことと、夜遊びをしないことになってしまった。昔ブラジルに行った時、同行の女友だちは、午前二時に始まるショウを見に行ったが、私はカンニンしてと、先に寝てしまった。つまり体力がないのである。

しかし私の体験では、旅行中ほど節制が大切になる。しばしば食べすぎて後悔することはあるけれど、夜遊びはできないからしないで済んでいる。

大勢で旅行しても、私は夕食が済んだら、人がお酒を飲んでいる時でもさっさと部屋に消え、「付き合いの悪い奴だ」と思われようが、「あの人も年をとった」と言われようが、自分のペースを守っている。アフリカでマラリアにかからない方法は、過労を防ぐしかない。めったにない旅だから、夜も仲間と飲みたい気持ちはわかるのだが、体力はめいめい違う。だから自分の健康は自分で守るほかない。

食べる量とか睡眠時間とか、自分が抱え込める問題の量とか、すべては自分で見きわめてコントロールする。他人に迷惑をかけたくなかったら、日々刻々、そうやって自分に合った生き方を創出していく以外にないのである。何しろ病気になることが、同行者に最大の迷惑をかけることになるのだから。

もちろん、自立がいいことだと思わないと、自律しようという気にもならないだろう。しかし、自分のことは自分でできるということが幸せだと感じる人は、いくつになってもその年相応の健康を保ち、そのことがまたさらにその人の若さを支えていくのだと思う。

たとえ敵でも泊めるアラブの掟

砂漠のアラブの遊牧民たちは、旅人が一夜の宿を乞うたら、たとえ敵対部族であろうとも泊め、自分が食べるパンの半分を与えるのが、神の前の人間の道であった。

これは誰でも泊めてくれという者をいつでも泊めねばならない、ということではない。砂漠は生きるに厳しいところで、昼の酷暑に対して、夜は信じられないほどの寒さになるからだ。今の時代でも、砂漠にはドライヴインもハンバーガー・ショップもないのだ。旅人は持参した食料が尽きれば、どこかの家で宿を乞わねばならないし、健康を害するほどの夜の寒さを防ぐためには、最低でもどこかの小屋の中くらいには泊めてほしいのである。

聖書とは、何と便利なものだろう。聖書はしばしば、私たちがなすべきことを、極めて具体的に示してくれる。抽象的な訓戒を垂れるのではない。ごく具体的に、こうこうしなさい、と教えるのである。

もちろん旅人を泊めるには、いささかの余分な部屋もいる。多少の経済的な余裕もなしにはやれないであろう。家の中にまず世話をしなければならない重病人や老人がいないことも、一つの条件だ。そうした身近な人たちの世話を棄てておいて、旅人の世話をするのは、順序を乱すことになる。もっとも砂漠の民なら、たとえ今死にかかっている家族がいても、旅人は泊めねばならないだろうし、余分な部屋と言っても、つまり人が土の床の上に寝られる空間を意味するだけだ。

少なくとも聖書を読んでいる人で、私と同じ立場にいたら、誰でも同じことをしただろう。私たちは現世で誰か特別な人だから何かをするのではない。私たちの目の前に、たとえば旅人のような仮の姿を取って現れる神に対してするのである。

旅の危険を恐れている人に、魂の自由はない

私は五十二歳の時、サハラ砂漠の北部のタッシリ地方を一日に二十キロ歩くことになった。何しろ道路というものが全くないのだ。食料その他は、フランスの旅行会社がロバの背につけてその晩の宿営地まで運んでおいてくれるのだから、私たちは自分の飲み水と身の回りのものさえ持って行けばいい、といういわば「お大名徒歩旅行」なのである。

初め私は三、四キロの重さのものを持って歩き始めた。今よりははるかに若かったし、これくらい何のことはない、と思ったのである。しかし、二、三キロの距離を歩くうちに、私はこのわずかな荷物の重ささえ身に堪《こた》えるようになった。何という情けない話だ、と私は思ったが、とにかくその日は二十キロ歩かねばならないのだ。幸い大学で探検部にいたという同行者がいて、「持ってあげますよ」と私の雑物を全部自分のリュックに入れてくれ、私は空身《からみ》になれた。それで私は二十キロを靴擦れ一つ作らず歩き通せたのである。私のことだから、改めてお礼を言ったかどうかウヤムヤになっているが、この人には私は今でも

頭が上がらない。

人間の恐怖は、他人から思想的、社会的、心理的に攻撃を受けた時、常識くらいでは武装が足りないと囁くものだから、そこで法律だの、規則だの、連帯だのを持ち出して再武装する。鎧の上に防弾チョッキを着るようなものだ。私は鎧も防弾チョッキも着たことがないのだが、どちらも重くて、暑くて、大変なものだ、という。救命胴衣でさえ暑くて着るのがイヤなものだった。

私は今までに何度も性こりなく、自分が近く行くはずの途上国旅行に初対面の人を誘ったことがある。

或る年も私はたまたま隣にいた中年の紳士に、「この十二月にも米長棋聖を団長にインドの奥地へ調査団を出します。もちろん私がご案内いたしますが、よろしかったらいらっしゃいませんか」と言ってみた。するとその人は、「しかしインドは、病気や交通が怖いでしょう」と言う。

私は言葉を失った。インドには十億の人間が住んでいるのだ。確かにインドには、狂犬かもしれない犬に咬まれて、その予防注射代、日本円にして約一万六千円を払えないから、半分の八千円分の注射だけを打っておいたというリキシャの運転手さんにも私は会ったことがある。何しろ一家族の月収が八千円から一万円だというのだから、一万六千円の注射代は払えないし、払ったら一家は一ヵ月食べずにいて、しかも借金が残る計算になる。

しかしそのときも再び、私たちは勇気を持たねば不自由になる、と悟った。私は今まで「ソノさんはあちこちおもしろい外国に行けていいですね」という人がいたので、その言葉を本気にして途上国の奥地へ入ることを誘ってみていたのである。しかし実に多くの人が、それらの土地が危険地帯であることを理由に同行を断って来たのである。

熱帯は怖い、テロが怖い、病気は怖い、他国のタクシーが怖い、食べ物も怖い、言葉の違いも怖い、あれもこれも怖いとなったら、人間は何もできない。多くの土地は、現代のテロリストがいることが明らかな地域ではないのである。それなのにささやかな恐怖とさえ勇気を持って闘わなければ、人間はまずおもしろい人生を送ることはできない。

3章

臆病者の心得

トイレの凄まじさ、紙のなさにも耐える訓練

今回の新疆ウイグル自治区への研修旅行で、私たちは時々ガソリン・スタンドでトイレを使った。日本では見たこともない凄まじいトイレであった。深い穴が掘ってあって、その上に板が並べてあるだけのものである。だから穴の深さに恐れを抱く人もいるだろうし、中に落されているものを眼にしなければならないことにたじろぐ人もいるだろう。

昔の中国のトイレは仕切りなし、ドアなしだったという。それが今では、隣の人との間に腰までの高さの壁が作られているところが多くなった。トイレ専用の手洗いというものは今でもないが、ガソリン・スタンドにはどこかに洗車用の水があるので、私たちはぜいたくにも手を洗えたのである。

しかし息子が学生さんたちに強《し》いたのは、何もない自然の空間で用を足すことであった。私たちは西部開拓時代のアメリカの幌馬車隊と同じ礼儀を教わった。「紳士は左、淑女は右」と馭者《ぎょしゃ》（今はツアー・コンダクター）が声をかける通りに道の左右に散るのである。もっ

とも左右は時と状況に応じて決められた。遮蔽物《しゃへい》が多い側が女性用になるのである。

あの汚物と凄まじい臭気に対面するトイレより、こうした大地自体がどこもトイレというほうが、どれほど気持ちがいいかしれない。中近東地域に散開するアラブゲリラたちは、粗末なものを食べ、夜の寒さに苦しむというが、彼らの「たった二つ」のぜいたくと思うのは、野外のトイレと、恐らく夏だけに許される満天の星空の下で眠ることである。日本で戸外に寝ようとすれば、夜露が多いから、服も掛物もしとどに濡れて、とても寒くて寝られない。

しかしモンゴルのゲルと呼ばれる包《パオ》に泊まった時には、私はこのトイレの問題をどう解決すべきかわからなかった。包の入口から見て、どちらかの方角が神聖だというようなことでもあれば、そんなところでトイレをしたら失礼に当たるから、避けなければならない。私は同行のモンゴル文化に詳しい人に尋ねたが、そういうことはない、とのことだった。

夜中になると気温が下がり、霧雨にしてはちょっとした降りになった。遮蔽物らしいものは見渡す限りない。荒野で暮す人のトイレット・ペーパーが石だとすると、ここは草である。しかしその草はしとどに濡れている。泥まみれの濡れた草で処理して、それで日本人はさっぱりしたと思うかどうか。もっとも中近東の乾燥地帯にもモンゴルにも、石も草も使わず排便の後そのまま放置する人がいる、とも言うが、私は彼らと生活を共にしたことがないので真偽のほどはわからない。それでも済んでいるのは、少なくとも中近東は恐ろしく空気が乾いているから、すべてのものがたちどころに乾いて雲散霧消《うんさんむしょう》するからだろう。

広大な大地の上で、自然な行為をすることを自由と言うべきなのかどうか私はまだためらっている。それを許すためには、最低限、人口が稀薄であることが必要だというところまではわかっているが。

しかし少なくとも私はまだその手の「自由」を楽しむ境地に達していない。モンゴルの厳しい冬は、生のバラの花がそのまま凍るという。そうでなくても、雨が降ったり、風が吹いたりする中で、必ずゲルの外へ出て行ってトイレをしなければならない、ということは、私にとっては自由どころか、一つの大きな心理的負担だ。仮に、携帯便器を使うとしても、それはそれなりに衛生面で抵抗がある。こうした心理的負担を私たちは「不便」というのである。

ティッシュ・ペーパーなどない土地の人々は、指さえも汚さずにみごとに「手鼻」をかむ技術を知っている。それが清潔とは言えないが、人間は時には不潔の中で生きられる技術を身につけるべきなのだ。

若い人たちには一度は水と電気のない生活をさせてみるほうがいい、ということになる。

旅に出たらトイレが一定時間保《も》つ訓練が必要

私はいつか、仕事を持っている中年の婦人ばかりと旅行したことがある。私と同い年くらいのおばさんたちが普通旅行をすると、ツアー・コンダクターは、トイレを探すことが仕事になる。どこの名所・旧跡に着いてもまずトイレである。しかしその時、私が発見したのは、働いている女性はトイレなどにそうそう頻繁《ひんぱん》には行かない、ということだった。朝、宿を出る前に用意をすれば、その次は昼御飯の前に手を洗いかたがたということである。次はせいぜいで午後の一休みの時、それさえも必要ないことが多い。

それらは皆、彼女たちがトイレに行くのもままならない生活を長年して来たからである。排泄に関しても訓練がいる。鍛える、ということはほんとうは老年になってからでは遅いが、いつからでもやらなければならない、というのも真実である。

排泄の機能がちゃんと生きていないと、人は外出が億劫《おっくう》になる。気楽に外出をして自分とは違った生き方を絶えず見なくなると、思想もこちこちに狭く硬くなりがちである。

しかし排泄の調節がうまくできない人は、実際問題としてどうしても外へ出なくなっている。本当は外出ほど、老年にとって心身のいい訓練の機会はない。私たちは外へでると、緊張する。まず衣服を整えなければならない。財布と常備薬、眼鏡も持ったかどうか。間違った行き先の電車に乗らないか。切符をなくさないか。食堂では食券を先に買うシステムかそれとも後払いか。バスの小銭は集金箱のどこへいれるか（老人パスがあるから、その心配はいらない、という人は、それだけで訓練の機会を放棄していることになる）。すべてどうでもいいようなことなのだけれど、そこで人間は当然あるべき軽い緊張をしいられる。

その結果、高齢者は、眼鏡を無くしたり、転んで足を折ったり、無礼な若者の仕打ちに腹を立てたりするのかもしれない。しかし孫よりも若い娘のファッションを知ったり、美術館で李朝《りちょう》の白磁について少し詳しくなって帰ったりもするのである。或《ある》いは、ひさしぶりの喫茶店のコーヒーの味を楽しむかもしれない。人間幸福になると、老化は止まり、病気は治り、体も心もしなやかになって、心身の振幅は大きくなる。もちろん長年寝たきりでも、柔軟な考え方を持っている人はいくらでもいるのだから、これは一応の目安ではあるが……。

外国では、高齢者施設では排尿訓練をする習慣があるところがたくさんあるという。当然であろう。老年になっても、トイレが一定時間保《も》つように、もしそれがどうしてもだめなら、自分の能力を知って、きちんと自分で手当てをするだけの思慮や方途を持つように、周囲は指導すべきなのである。おむつをしなさい、と言うのは、当人の自尊心を傷つけるから言わない、というのは、優しいようだが、少しも親切ではない。むしろホームにいる時は失策をしなくても、旅に出たらトイレが自由ではないのだから、用心のためにおむつをしておきなさい、というのが、ほんとうの親切である。そのことを言わない人が多いから、日本の年寄りは、賢い人たちでも、垂れ流しになって、結局当人の自尊心をもっと傷つけることになる。

年寄りに親切にするということはほんとうにきれいな光景だが、それは甘やかすこととは違う。車椅子《くるまいす》を少しでも自分で動かせる力のある人には、腕の力が衰えないように自分の車椅子は自分で押してもらうべきである。

自分でお砂糖を入れられる能力のある高齢者のお茶のコップに、砂糖を入れてあげるようなこともむしろしてはいけないと思う。砂糖壺《つぼ》をそっと取りいい場所に移動させておいてあげるのは当然だが、入れるのは当人にさせる方がいい。それで初めて、自分にとって最も望ましい砂糖の量を入れられるし、砂糖をこぼさないという指先の訓練も継続でき、誰かそこにまだ砂糖を入れていない人がいたら「お先に」と声をかける礼儀や、「あなたもどうぞ」と他人に心を配ることも忘れないでいられるのである。人間は自分のことだけでなく人のことも心配できる時、初めて一人前でいられる。その機会を取り上げるというのは、相手を一人前に見ていない証拠で、失礼な限りだと私は思う。

しかし日本の年寄りの心理の中には「砂糖くらい入れてくれてもいいのに」と、すぐ手助けを期待する依頼心も強いように思う。

高齢である、ということは、若年である、というのと同じ一つの状態を示すに過ぎない。それは悪でもなく、善でもない。資格でもなく、功績でもない。

マラリアを防ぐ簡単で初歩的な方法

私は二〇〇二年の十月半ば、アフリカ四カ国の最低の貧しさに触れる旅から帰って来た。霞ヶ関の若い公務員、マスコミの若手記者、私が働いている日本財団の職員との三者相乗りの調査旅行である。ホテルなどないような田舎の、主に修道院の建物に宿を借りるのだから、全員寝袋を持っている。湯船どころか、お湯のシャワーも浴びられない日もある。何しろ電気がない土地が多い。行水だけでもありがたく思える。トイレも場合によっては大自然の中でおすませください、と言わねばならない。

さらに一番危険なのは、マラリア地帯だということである。この旅行は決して強制的に連れ出すのではない。個人の自由な意志によって参加が決まる。そして毎回、私は旅の始まる前に言うのである。「財団は、マラリアの予防薬をパリかロンドンかフランクフルトの空港で手に入れて、ご希望なら配布します。しかし予防薬を飲まないでマラリアには罹らない方に賭けるか、肝臓の負担になることを承知で予防薬を飲むかは、皆さんご自信の判断でお選びください」

これは今の時代には、あまり取られない態度だろう。すべて主催者が、全責任を負うのが当然、という社会ができてしまっているからである。しかし現実の世界では、誰も全責任を負うことはできない。用心深く、小心にことを進めても、思わぬ落とし穴がある、というのが現世というものである。

おもしろいことにマラリア蚊というものは、昼日中の直射日光の下では、ほとんど出てこない。夕方涼しくなる頃に出現する。だからその時間には、よほどの必要がない限り、外を出歩かない。必ず長袖を着て、腰に蚊とり線香をぶら下げる。それでほとんど蚊は防げるのである。気の毒なのは、森林で働くような人たちだ。私たちのように夕方は外へ出ないなどという甘いことを言っていられない。こうした人たち、それからこういう土地にずっと住む修道女たちは、ほとんどマラリアに罹っている。

マラリアを防ぐ簡単で初歩的な方法がある、と体験者は言う。それは禁欲的な暮らしをして、疲労を溜めないことで、中でも大切なのは、夜早く寝ることだ。遅くまでお酒などを飲んで睡眠不足になるような生活を続けて体力が落ちてくると、出なくてもいいマラリアも出て来る。だから、と私は若い人たちに必ず言う。

「たった二週間あまりの、それも遊びではない旅行です。二十四時間勤務のはずです。ですから夕飯を食べたら早めに寝てください。修道僧のように暮らしてください」

それが果たして完全に守られているかどうか私は完全に把握しているわけではないけれど、少なくとも私自身は、夜は徹底して一人で部屋に引き取って本を読んだりメモをつけたりして怠けている。旅に出て自分が病気になることが一番皆に迷惑をかけるからだ。しかし電気のない部屋で蝋燭の光を頼りに本を読むのもメモを取るのも、長く続くものではない。電気のない土地には文明がない、と実感する時間である。

マラリアの薬を、私は飲まなかった。お酒も飲まないのに、肝臓だけが、過去にも時々問題を起こしている。だから薬は飲まずに、疲れないようにして体力を温存し、取材に全精力を割けるようにしている。というのは、口先だけの体裁のいい言い方なのだが、少なくとも、それを目標に旅行をするのである。それが多分プロというものなのだ。

同行のドクターのうち少なくともお一人は予防薬を飲んでいられた。私が「大丈夫ですか。胃だか肝臓だかが悪くなられませんか」と聞くと、「飲んでみるのも、医者の仕事ですから」と言われた。ほんとうにそうなのだ。爽やかな答えであった。

暑ければ「脱ぐ」でなく着なければいけない

私は本来臆病で、殊に寒さが怖い。だから、今までに零下十五度くらいまでの体験しかない。しかし暑い方ならかなりの温度の中で暮らしたことがある。私が行ったことのある国々で、一番暮らしにくいように思ったのは、ペルシャ湾の沿岸に面した国々、クウェート、サウジアラビア、アラブ首長国連邦などである。

これらの沿岸諸国は、気温は三十七・八度までが多くそれほど暑くはないのだが、湿度は高いので、冷房を効かせない限り、発汗によって体温を調節することができない。室内にいない限り、下手をすると熱射病のような症状になる。

「海水浴は、とてもだめですわ。暑くて泳げませんもの」

と現地の日本婦人が深刻な表情で言った言葉は、その時はおかしくて笑ってしまったが、後で考えると壮絶なものだと思う。

インドの夏の日差しの中は、楽に五十五度くらいまでにはなった。「今年は涼しい」という四十二度の気温が長く続いた或る夏、アグラという古都で、冷房のない部屋に寝たこともある。夜半過ぎてもあまり暑いので、私は石の床に水を撒《ま》いて、何とか暑さを凌《しの》ごうとしたのであった。暫《しばら》くすると、ジイジイと虫の啼《な》くような音がした。

おかしいな、と思った。窓は宵の口から閉め切ったままである。泥棒と覗《のぞ》きと虫が怖くて、とうてい開けてはおけないのである。だから部屋の中に、啼く虫など入っているわけはない。

やがてそれは、私がついさっき床に撒いた水が急速に蒸発していく音だとわかった。フライパンに水を入れるとジュッと音を立てて水蒸気になる、あの音の緩やかなものなのである。床に撒いた水はどんどん面積が縮まり、十分くらいであとかたもなくなった。湿度が増えてその分だけ暑く感じただろう、と夫は科学的な頭のない私を嫌がらせるようなことを言った。

それほどの暑いところへ行った時、私は何度か風邪のような症状になり、食欲が全くなくなり、だるくて動けなくなった。今にして思うと、私はもっと塩を積極的に摂らなければならなかったのである。しかしとにかく塩分は体に毒と思い込んでいる日本人は、コカコーラに塩を入れて飲むなどということを思いつかない。いいのは、日本でスポーツ・ドリンクと呼ばれ、ユニセフでは「ミラクル・サルト」と言っている（両者の含まれている成分が全く同じかどうか私にはわからないが）一種の体液に近い塩類を入れた飲み物を摂取することである。

暑ければ脱ぐというのが、子どもの時以来、私の知っている唯一の知恵であった。ところが暑い国では着なければならないということを知ったのも大きな驚きであった。

まず肌を太陽や風、虫や擦過傷から守るために長袖とスラックスを着る。私の体験では、土地が違うと、ちょっとした傷もすぐ膿むので、肘《ひじ》や足を剥《む》き出しにしない、ということは、基本的な用心だと言える。

シリアのダマスカスなどでは、それこそ五十度前後と思われる暑い昼下がりに、おばさんたちは厚いフエルトのオーバーを着込んで歩いている。単純な理論である。つまり彼女たちがもし薄着をすれば、五十度を超える気温に晒《さら》されるが、しっかり着ていれば、服の内側は体温と同じ三十六度くらいに保たれるということなのである。暖房のない生活をしていたかつての日本人は、室内全体を暖房する設備がないので、どてらを着たり、炬燵《こたつ》に下半身をつっ込んだりすることで、体の一皮《ひとかわ》外だけを最低限温めて耐えた。今まだ冷房のない暮らしをしている暑い土地の人々も、同じ理論で、道を歩く時は体の一皮外だけを涼しく保とうとする。人間の考えることはどこも同じようなものである。

中古飛行機に乗る覚悟

マダガスカルでチャーターした二機の飛行機の第一印象は、九人乗りは単発で古ぼけて見えた。それに較べて五人乗りの方は双発で新しい飛行機に見えた。同行者のほとんどが同じような感想を持った。

私は深くは考えなかった。私が単発の九人乗りの方に乗ることにする。世界の貧乏を知るための今回の旅は、私の勤めている日本財団の企画だったから、財団の職員五人は、私を含めて二機に割り振らせた。たとえ不時着をしても、職員はホストとして行動する義務がある。後は主に体重で分けることになった。

組分けが終わった時、私は五人乗りに乗ることになった人々を眺めた。私と同じくらい背の高い体格のいい日本人のシスターが一人いるが、私は財団の男の職員の一人にそっと小さな化粧用の鏡を渡した。

彼はすぐ私の意図を察して笑った。

航空機が不時着した場合、水も食べ物も医薬品もあった方がいいのだが、それ以上にサバイバルに必要と言われるものは、必ず出るはずの捜索機に、遭難機の位置を太陽の反射を使って知らせる鏡なのである。誰か一人でも生き残って天候に恵まれれば、この救いを求める信号は出せるかも知れない。シスターでは多分お化粧用のコンパクトも持ってはいまいと私は判断して、男性の同乗者に鏡を持たせたのである。

しかしこの飛行は全く別の不思議な結果を生むことになった。ボロに見えた私たちの飛行機だけが目的地に着いて、もう一機は離陸後間もなく悪天候のために引き返したのである。

それは、大型機はレーダーを搭載しており、かつパイロットが普通は使わない東側のコースを使ったからだ、ということがわかった。もう一機のパイロットは女性であった。

こうして二機の搭乗者はその晩、別々の土地で泊まることになった。大きな支障はないが、願わしくないことである。

私は心の中で、商業機のための女性パイロットというものを今でも信じていない。

自分が楽しみのために飛行機に乗るのは女性も自由である。統計があるわけではないが、過去の民間と軍用の飛行機事故の記録を読んでいると、不思議と女性パイロットが落ちているると言う印象がある。もしもう一機のパイロットが女性だと先に知っていたら、私はそちらに乗ったろうと思う。

偏見《へんけん》、男女差別、運、こういったものの存在を、今の日本は許さない。男性と女性が決して同じ能力ではない、ということも今の日本では認められにくい。しかし或《あ》る分野では男性が優れ、別の分野は女性に向いている。

だから、男女が同じことを同じ数でせよ、ということは愚かなことだというのが、私の偏見である。

偏見というものは、それが個性なのだ。それこそ独自の視点なのである。しかしそれは、間違いのない真実でもなければ、公正な絶対多数の意見でもない。ただ公正無私、ということは、政治的、社会的「制度」としてはあり得ても、一人の人間としてはあり得ないことだと、私は初めから考えている。

一機が引き返した、ということは、あくまで運であった。私は飛行機が落ちる運も認めていたが、それにいささか抵抗するつもりで別の飛行機に乗る人に鏡を渡した。滑稽《こっけい》な行為であった。

しかし運を認めながら、そこにわずかの人為的な力を加えて、運命の方向を少しでもよい方向に変えようとすること、その矛盾にこそ意味がある、というふうに私は考えて来たのである。

夜中の野営地には二つの光源がいる

今から二十年近く前、私は初めてシナイ半島の砂漠に入った。プロテスタントの信者さんが多いツアーに加わって、兵員輸送車、つまり無蓋《むがい》のトラック、で移動しながら聖書を勉強し、夜は寝袋で荒野に寝る体験をすることになったのである。

夜中に私は眼を覚ました。自然が呼んだのである。月のまったく見えない夜であった。私の寝袋は人の腰くらいの丈《たけ》の茂みの根本に置かれていた。私は懐中電燈を手に立ち上がった。星あかりを頼りに眼をこらして見ると、背後には僅《わず》かに薄黒い岡が見える。私は百歩行って用を足《た》し、そこから岡をめがけて百歩戻れば寝袋の所に戻れる、と判断した。

百歩はかなりの距離だったので、私は五十歩行ったところで懐中電燈を消して振り向き、それから慄《りつ》然とした。私は自分の寝袋の所に戻れないことを発見したのである。漠然とした岡の稜線《りょうせん》などは、とうてい目標にならなかった。後で考えると私は何も慌《あわ》てることはなかったのだ。あと四時間ほど砂の上にひっくり返っていれば、東の空は僅かに白んで来るだろう。少しでもあたりの様子が見えれば、私の寝袋の位置も見えるはずであった。それに砂漠は夜冷えるとは言っても、凍《こご》え死ぬほどの寒気ではない。

それにもかかわらず、私は恐怖に捉《とら》えられた。自分の居場所に戻れない、という不安はかつて体験したことのない、動物的な恐怖だった。いや、動物なら、こういう場合何なく自分の巣に戻るものだろう。

何の灯《あかり》も目標物もない荒野や砂漠では、人は二つの光源を必要とすることを私はその時肝《きも》に銘《めい》じたのであった。一つは自分の出発した地点に置くためで、もう一つは今自分がいる足元を照らすためである。

砂漠のアカシアには近寄るな

年に何度か数時間でも雨が降るので、涸川《ワディ》と呼ばれて普段は全く水の流れもなく、川床がむき出しになっている枯れ川には、この乾き切った土地で生きることのできる唯一の木と言ってもいいアカシアが生える。大きなものは高さ三メートルくらいにはなる。上空から見ると、どす黒い緑に埃《ほこり》をかぶったアカシアが、虫ピンの頭のように点々と並んでいる。その点をつなげば、涸川の流れが確実に推定できる。

僅かではあっても、アカシアの木の下は貴重な木陰だ。だから私たち旅人は吸い寄せられるようにそこに集まる。頭巾《ずきん》と寛衣《かんい》の砂漠の男たちは、絵になるポーズでその下に寝そべり、茶を飲んだりタバコを吸ったりする。しかし人間が集まる場所なら爬虫類《はちゅうるい》も集まるのだ。サソリやトカゲは自分で体温を調節できないから、彼らも木や石の下にいる。人間より先客である。サソリに噛《か》まれない方法は、動かした石の下には座らないことだ、などと教えられるのである。石の下は涼しいからサソリはそこに集まっているというのだ。

どんなに涼しげに見えようとも、アカシアの下には決して車を止めてはならない、という人もいる。アカシアには刺《とげ》があって、木の下にはいっぱい刺が落ちている。その刺がタイヤに刺さり、その時には何でもなくても、数時間後に徐々にタイヤの空気が抜けるという事故に繋《つな》がるからだ、という。

警官も国によっては小金をねだる

私は外国旅行をした時にも、四回ほど護衛をつけてもらったことがある。ハイチ、ペルー、ボリビア、アフリカのルワンダである。ハイチでは当時の大統領のボディガードの一人、ペルーでもテロ組織のある奥地の視察をした時だった。ボリビアでは親しい知人の日本人の神父が三人の警察官をバスに乗り込ませてくれたが、彼らは神父の教会の信者という感じで、バスの中ではよく居眠りをしていた。護衛が明らかに軍の訓練を受けた小隊で、自動小銃を持っていたのは、カメルーンの奥地に入った時である。

私たち一般の民間人が他国の警察や軍を護衛に頼むというと、日本人は非難がましく思うが、必ずしもそうではない。軍隊や警察の給与は非常に低く、それだけではとうてい妻子を養えない、という国も多いので、警察や軍が公然たるアルバイトとして「貸し出される」ことは普通なのである。

東南アジアの某国で、ダム工事の行事に出席した日本大使は、軍だか警察だかに護衛されて山奥の現場に向ったが、後できちんと彼らの出張料の請求書が来た、という話を聞いたこともある。

レバノンのベイルートからダマスカスへ行く長い道の途中で、車は町はずれでオートバイの警官に停止させられた。

スピード違反をとがめられたのかと思ったが、車は、二、三十秒ですぐに走り出した。そして運転手は右手の指先で札を数える仕草をしながら「マネー、マネー」と歌うように笑った。それまで彼とはほとんど何一つとして言葉が通じなかった。何しろアラビア語だけでアルファベットも読めないのだから、地名を書いても彼には全く通じなかったのだ。それが「マネー」だけはわかったので私は驚嘆してしまった。

シリアの警官は車を停めて、小金をねだったのである。実に世界にはさまざまな警察官がいるものだ。

タクシーの値段交渉は運転手たちのいる前で

エジプトのルクソールで、川岸から発掘の基地になっている早稲田隊の「カーター・ハウス」まで日陰もない暑い道を歩くことは不可能だから、初め私はロバを買うことも考えた。自家用車ならぬ自家用ロバは、そんな大した値段ではなかったので、誰かに頼んで買った後は飼ってもらい、毎日遺跡の現場まで往復して来るのに使い、取材が済んだ時、また売ってもらえば、それほどの出費にもならないだろう、と考えたのである。

しかしロバほど人を見る動物はない。鞍《くら》の上の人物が馬やロバに乗りなれていない、と思ったら、途中で草など食べだして金輪際動かなくなる。

私は仕方なく、毎日、「死者の町」と言われる向こう岸に着くとタクシーを拾うことにした。タクシーがあれば問題ないじゃないの、と私の話を聞く人は言う。しかしそのタクシーたるや、シートはぼろぼろ、埃《ほこり》でざらざら、床にも泥に混じって羊のウンコが落ちていることがある。運転手はガラベーヤという寛衣《かんい》を着て頭に布を巻いているが、衣服も埃だらけで、私はいつもノミをうつされるのではないかと恐れるのである。

それでも日本のようにタクシー乗り場が決まっていて、そこへ行けばいやでも先頭の車に乗らねばならない、というのならまだしも心理的に簡単なのである。彼ら運転手たちの客引きはもうナイルを渡る数分の渡し船の中で始まっている。メーターがないから、値段の交渉をするのである。

その手の運転手たちは、外人と見ると口々に「タクシー、タクシー」と言って擦《す》り寄ってくる。船着き場の周辺には、茶店が一軒あるだけで、何もない。河を渡ってきた客は、いずれはどこかへ行かねばならないことはわかり切っているのだから、彼らは張り切るのである。

ただ毎日毎日、渡し船の中で、数人の運転手たちから、口々に勧誘されるのはたまらない、何とかならないものか、と思ったので、自家用ロバの発想が生まれたのだ。

そもそもこの渡しからしておかしい。純粋の観光客は、全く別の船着き場からもっときれいな船に乗るので関係はないのだが、この土地の人たち専用のこの渡しには、少なくとも二段階の値段がある。純粋の土地の人用の値段と、私たちのようなアラビア語を話さない外人用の値段とである。

彼ら運転手たちは、恐らくただの顔パスで乗り込んできて、船の中で向こう岸に着いた時の客を物色しているのである。だから観光シーズンでもないと、私などは数人の運転手に囲まれることになる。

そこで、私は彼ら数人の前で一人一人に宿舎の「カーター・ハウス」までいくらで行くか、と言わせることにした。そして一番安い値段をつけた人の車に乗るのが一番簡単だとわかったのである。

日本人の神経だと、売り手を並ばせておいて、一番安い値段を言わせる、などと言うのは趣味の悪いこと、阿漕《あこぎ》なことだ、という感覚があって、私も初めは人並みにそれにこだわっていた。しかしどうも様子を見てみると、関係者の眼前でははっきりした方が相手も納得するのである。

ということは、彼らの社会では行き抜くのは自分の力だということを知っているから、安い値段を供給できる、ということも一種の力なのである。

聖書が言う通り、富を悪によって得る人もいるだろうが、現代では決してそうばかりでもない。そしてまた現代日本では、聖書時代のような際立った貧しい人などというものもいない。

また力というものの本質もさまざまである。現代では、力というものは、決して経済力だけでも、武力だけでも計ることができない。もっともその二つが全くないという国があったとしたら、それは国家間で力を持ち得ることではないだろうが、二つがあれば、それでいいというものではなくなっている。

臆病な用心こそ旅の心得

昔まだ幼稚園くらいだった孫を連れて、一家で中国に旅をしたことがあった。明の十三陵に行った時、巨大な亀甲墓の周囲をぐるりと囲んでいる一種の石壁の間の細い道を、孫はおもしろがって探検すると言い出した。もちろん一人で行きたいのである。途中の出口はない。子供がそれを乗り越えて外へ出られるような低い壁ではない。自動車どころか自転車も入れない細い通路だ。別の口に迷って出てしまう恐れもない。自然にぐるっと廻ってくれれば、幼い子どもの足でも二、三分で元のところへ戻ってくる構造であった。それを充分に知りつつ、私は後をついて行った。

その時、私は本能的に誘拐を恐れていたのである。しかし私はそれを口にするのを躊躇《ちゅうちょ》した。あまりにも根拠がない心配のようで、恥ずかしかったと言う方がいいかもしれない。世の中には、ありもしないことに脅《おび》える小心な老人というものがいて、その心理はまず周囲への迷惑にもなるものだからである。

その旅行は帰りにシンガポールに寄った。私は知人の中国人の一家に会い、その時の私の臆病な用心を話した。すると彼は「当然ですよ。決して見えないところで子供を一人にしてはいけません。子供だって消えるんですよ。ことに外国からの旅行者の子供だとわかったらもっと危ないです」と言ったのである。最近のニュースでは、中国では年に二十万人の子供が誘拐されている。

旅先で服装をよくしたほうがいい理由

日本で、例えば野菜を買いに行く場合、高価なブランドもののスーツを着て行ったりすると、売り手は人を見て「こういう金持ちにまけてやることはない」と思う、という方がノーマルなのではないか。むしろしょぼくれたなりをしていけば、ああ、この人は質素なんだな、ほんとうにつましく暮らしているにちがいない、と思い、そう人に高い値段を言っても買ってくれないにちがいないから、まけておこう、という気にもなるのである。

中国人も服装に構わない人たちである。シンガポールや香港で、その辺の町のおっさんかと思われるアロハの男が、実は大店の主人だったりする。しかし多くの場合、人間をまず判断するのは服装である。

アラブの人たちも、ごみだらけの一間きりの家に住んでても、出かけて行く時は、ズボンにきっちりとアイロンを当てて折り目を立てる。

「アラブではどっちなんですか。金持ちらしいから、この際吹っかけて高く売りつけようと思うんじゃないの?」

私は或る時、アラブ通の日本人に聞いた。

「いや、反対でしょう。こっちの連中は、貧乏ったらしく見えたら、安くしませんよ。もう二度と来ないだろう、と思いますからね。だけど金持ちだったら、また来てくれるだろうと思うから、安くしますよ」

力というものに対する解釈はおもしろい。

日本人の「目立ちたくない」は卑怯な姿勢

まだ若い頃、私は宇野千代さんがデザインなさった着物を着てローマを歩いていた。今思い返してみても、大して高価な着物ではなかった。ただそれは綸子《りんず》で、黄色の地に宇野さんのお好きなサクラが一面に散っているような染めの小紋《こもん》だった。その着物は、春のローマでは東洋の黄金の世界を思わせたのだろうか。横断歩道を男性が歩いていたって決して止まってやらないローマの自動車が、私が歩くと日本のようにぴたりと止まってくれる。私が、ではなく、私の着物がきれいだったから、止まって眺めたのである。

この逸話は私が捏造《ねつぞう》した自慢話ではない。私はたまたま作家の大岡昇平氏とローマでは同じホテルに泊まっていたことがあった。すると大岡氏も、ここの自動車の運転はめちゃくちゃで、横断歩道でも突っ込んで来るからおっかなくて歩けない、とユーモラスにぼやかれるので、私が「それなら、私が先生をお守りして渡してさしあげます」と言っていっしょに道を歩いたのである。するとあらゆる自動車が優しく止まるのである。

着物の輝きと、自分は誰よりも女に甘い男だということを、たとえ一瞬でもいいから世間に見せたいローマっ子の心情の表れなのだろう。

着る人自身が美しいことはもちろん願わしいが、私たち全員がそれに該当するとは限らない。その場合、他のもので補完するのだ。姿勢がいいこと、会話が楽しいこと、人をいたわることを知っていること、教養があること、見るからに明るい人であること、おしゃれの心を常に持っていること、そのほか何でもいい。自分は人とはちがうという存在感をはっきりさせるために努力する。そのための服である。

私は全く茶道を知らないので、ほんとうは言及してはいけないのだけれど、お茶席の着物は、あまり派手ではいけない、と誰かが言っているのを聞いたことがあるような気がする。誰でも「配慮」ということは必要だ。今は知らないが、昔新橋の芸者衆は決して刺《し》繍《しゅう》の着物を着ず、指輪も身につけなかった。もし女性のお客さまが来られて、その方より高価そうに見える着物や装身具をつけていたら失礼になるからだ、という配慮があったのである。それに芸者は、お座敷では座布団に坐《すわ》らない。

配慮があるということは、いつでもどこでも必要なことだ。しかしお茶席の着物が地味であることが、他人から非難されないためだとしたら、むしろこんな貧しいことはない。

そして日本人の心情、無難な生き方を求める姿勢の中に、目立たないという条件があることをこの頃、私は感じるようになった。目立たない、ということは、称賛も受けにくいが、つまり非難される要素だけは取り除くという守りの姿勢である。今の日本人には、この卑怯な姿勢がいたるところに見える。

旅は取り敢えず「知らない」と言うのが人生の知恵

人間関係だけではない。世の中のことはすべて、一度知っている、と言ったら後が大変だが、知らないということは後でいくらでも訂正が効く。

これは外国に入国する時の調査票から教えられた姿勢である。

ソ連や東欧の社会主義の終焉以来、世界はずいぶん気楽になった。しかし以前は、思想的に厳しい統制のある国では、少しでも何らかの意図を持った旅行者が入国しようとすると、途端に胡散臭く思われたのである。

入国の時の質問表には、イエスかノーかの欄が出来ていて、そのどちらかにレ点をつけるようになっている。

「前にこの国に来たことがありますか？」

「入国を拒否されたことがありますか？」

「別の名義のパスポートで入国したことがありますか？」

質問は何でもいい。よくわからない場合でもとにかく一応ノーに該当する方にレ点を付けることだ、と私は先輩に教えられたのである。そしてそれは、社会主義国への入国の時に有効なだけでなく、人生全般に対する極めて現実的な知恵だと私には思えたのである。

日本人が「無宗教」と書く方がずっと危険人物

宗教を持つことは、日本では非理知的な人物像を示すが、ユダヤ教、キリスト教、イスラム教、ヒンドゥ教、仏教の世界では決してそうではない。それらの国では、入国のカードに宗教を書く欄のあることも多いが、何であっても、とにかく宗教を明示することは相手から見て望ましいことなのである。日本人のように「無宗教」と書く方がずっと危険人物扱いされる。

人間は誰もが悪いことをするのだが、まだしも宗教を持つ人の方が、良心や慈悲を持っていることの方が多い。淫らな行為にもブレーキがかかる。とは言うものの、一神教の中で一番いいかげんなのがキリスト教で、町に娼婦のいるのは、クリスチャンの国に多い。「汝、殺すなかれ」という神の命令を受けたイスラエルでも、兵役はあるし、「信仰があるのに、人を殺してもいいのですか」とこちらが聞くと「殺戮はいけないが、正当防衛のためならいいのだ」と言う。英語で言うと、kill（一般の殺し）と、massacre（殺戮）は明らかに違うのだと言う。

エルサレム市内には、安息日も守らず、ユダヤ教徒もイスラム教徒も食べない豚肉を出すホテルのレストランもあるが、その場合は、これらのことは意識した抵抗として行っている。違反は抵抗の精神を培う。しかし「宗教なんか何なのさ」という人が一番尊敬も受けず、対等に扱われない。

外国で一人前の知識人としての語学力

世界的なレベルでも知能の高い日本人が外国語の会話の才能のないことは、信じられないほどである。多くの大学教育を受けた日本人が、食事の席で外国人が両隣に座った場合、片言でもいいから何か自分独自の世界観、哲学、信条、ある国や土地の印象、家族の姿などを述べられるという例は、極めて少ない、と言うべきかもしれない。彼らはどうしようもなく、ただ黙ってご飯を食べる。

食事の時には、フォーク・ナイフの使い方と同じくらい、その場に適切な、適度な会話を続けることが必須条件だ、ということさえ学校で習わなかったからだと言える。なぜなら、学校の教師自身に、それらのことのできる人がほとんどいないのだから仕方がない。

この結果、日本人は、外国語の世界では、普通程度の知能さえ持ち合わさない人として遇される羽目になる。何も言わずにただ黙々とものを食べているだけの人物を、一人前の知識人として認識することは誰にとっても無理がある。——（中略）——

しかし私はやはり語学が苦手だ。食事の時、両側に外国人の男性が座ると、私は自分の職業を紹介し、「怠け者で学校で勉強しなかったものですから、英語もだめでした」と言い、それから相手が何者かよくわからない時は、「どんなお仕事をしておいでですか」と尋ねる。銀行マンでも証券会社の社員でも、私がその世界のことを知らない点では、同じことだ。しかし私は時間稼ぎと自分から喋らなくて済むように相手に質問する。たとえば今の時代だったら、

「経済がわかっている方だったら、バブルの崩壊を予見できたのですか?」

などともっともらしく聞くのである。

すると相手は何しろ自分の専門分野のことだから、とうとうと語り始める。私はたいてい六割、時に七割、時には五割しか相手の話がわからない。しかしわからないことがばれないように時々、ちょっとした単語を捕まえて「すみません。××という言葉は、どういう意味ですか?」と質問する。外国人でしかも実生活に迂遠《うえん》な小説家だ。わからなくて当然、とばかり相手は必ず寛大に答えてくれる。

そんなふうにして、私はほとんど実は喋らずに相手に語らせることで、その人の相手をしたことにする。もしその中で、ほんの少しでもそのことと関係づけられそうな状況を見

つけたら、

「中国の孫子も同じようなことを言っていますね。兵法と経済はやはり同じ戦いの原則を持っているのですね」

くらいのことを言う。するといかにも私は中国の古典にも通じているように見えるのだ。しかしついでに私はつけ加えておく。

「でも私はどうも孫子にはついていけません」

「なぜですか？」

と相手は尋ねる。

「私は小説家ですから、いつでも例外に興味があるんです。原則は私にとって端正過ぎて、信用するのが怖いんです」

こんな程度でも、食事の会話は済むのである。しかしこれが日米○○交渉だったら、とうていこんなことでは済まない。しかし私とならたぶんその人物は帰ってから奥さんに、

「今日、僕の隣に座った日本の小説家、やっぱりおかしな女だったよ。もっともジェフリー・アーチャーもおかしな人物だからね、大物でも小物でも、小説を書くなんて奴は、全部片寄っておかしなもんだね」

などと報告するのである。別に円満具足《えんまんぐそく》といわれることはないのだ。おかしくても変人でも、とにかく人間として喋ることがある程度あれば、その人は人間なのである。しかし黙っているのは、人間ではない。それは猿に近い。

アフリカでのパーティ料理を、客は残した方がいい

アフリカでは、私は全く違う食事の作法を教えられた。私たち日本人が、村の集会場や小学校などを建てるためのお金を出したところでは、よく開校式の日などに村長さんや村人たちが、私たちのために山羊《やぎ》や、時には牛を屠《ほふ》り、それで特別の「お祭り料理」を作ってくれることがある。

初め私は、その料理が口に合おうが合わなかろうが、食べなければ失礼なのだ、と思っていた。多くの場合、私は山羊料理も好きで、決して無理をして口に運んだわけではなかったが、それでも日本人の平均的な食欲は、アフリカの人と比べればうんと少ない。

アフリカではしばしばパーティの時、集まった人々は、口もきかずにひたすら食べ、そ

れに残った料理を彼ら独特の民族服のポケットにじかに（袋や箱などの入れ物もなしに）入れて帰る。料理が揚げたものだろうが、煮物だろうが、そのままポケットに突っ込んで帰るのである。それは彼らの家族愛の表れであった。山羊を屠って食べるなどというぜいたくは年に一度か二度だろう。だから……と私は教えられたのであった。

「料理は出されたら無理して食べる必要はないんですよ。むしろ客は残した方がいい。お客が食べ残した料理を、村中の人は集まって待っているんですから」

気がついてみると、そのとおりであった。村人は、まず男たちが食べ、それから女と子供が残りを食べる。日本人は食べ残しなど失礼、口をつけたものなど棄《す》てなければ、と思うが、私たちがしゃぶって骨だけ残したはずのものでも、村人たちは待っているのだ。

赤ん坊に微笑みかけてはいけないアフリカ

世間の人は、人間の微笑というものに、かなりの信頼をおいている。にっこりすることは世界平和の元だと信じているのである。ことに赤ん坊に微笑みかけたり、子供の頭を撫でたりすることは、世界的に許される愛情の表現だと信じ切っている。しかしそうした他愛ない善意さえ通らない世界はあるのだ。

私はアフリカに行くと、まずその土地で、赤ん坊に関心をしめしていいかどうかを必ず尋ねることにしている。いつ生まれたのか、男か女か、名前は何というのか。そして抱いてもいい？　と親に許可を求めていいかどうか、土地の人にあらかじめ聞くのである。

なぜかというと、多くの現代的文明と隔絶した土地の人たちの中には、私たち外国人は「悪魔の眼」を持っていると信じられている。いくら私は悪魔ではありませんと言ってもだめだ。その悪魔の眼にじっと見つめられたり、悪魔の眼の持ち主に抱かれたりすると、必ずそのためにひどい目に遭う、というのが彼らの信仰なのである。

そもそも悪魔は、幸福な状態で生きている人たち、優しい人、か弱い存在などを狙って付け入って悪さをする。だから新婚さん、赤ん坊などはそのいい標的になる。外国人が赤ん坊をじっと見つめたり、笑ったり、抱いたりする時には用心しなければならない。

この現実について私に解説をしてくれた人の意見は次のようなものである。

アフリカなどでは、新生児の死亡率がかなり高い。薬品の不足、衛生知識の欠如、母子の栄養不良、など多くの問題があって、時には千人の新生児のうちの四分の一が幼時に死亡する。だから子どもの数は減る分を計算して産んでおかないと、畑仕事をさせる労働力が不足するという人さえいる。

どこのうちでも、労働力としての子供は大切だ。それが生後数日で死んだりすると、姑は嫁に、「どうしてうちの大切な跡取り息子を死なせたんだ」などと言っていじめるケースもあるのである。その時困り果てた嫁は、いい言い訳を思いつく。

「産院に外国人がやって来て、私の息子を見て、にっこり笑いました。あの時、悪魔が入ったのだと思います」

国際間の穏やかな関係を築くためには、こうした庶民の末端の信条まで知悉《ちしつ》するという努力がいる。だから私たちは、自分に善意があればそれは通るはずだなどとは、まかり間違っても思ってはならないのである。

4章

旅の小さないい話

全盲の夫に娘の清らかさを伝えた美しき行為

身障者を中心としたグループで、イスラエルの死海に面したホテルに泊まっていた時のことである。

私の夫が食堂で「あのウェイトレスの娘の顔を覚えといて」と囁いた。

それは実に色白の娘だった。背は平均より少し高いくらい。髪は亜麻色で直髪である。それを首の後ろでひっくくっている。確かめてみたわけではないが、ロシアから帰って来たユダヤ系の帰還者ではないかと思えた。こうした人々はもちろん経済的に楽ではないから、娘たちも大学に行けない。家族を養うためにも働かねばならないのである。と無責任な作家は小説に書きたいところだ。娘は苦労を背負っているように見えないでもなかったのである。

「あの人がどうしたの?」

私は夫に尋ねた。

「肌がきれいだろう?」

日本人はこういう時、マシュマロのような肌をしている、という。普段それほどマシュマロなど食べていないのに、である。

部屋に帰ってから、私はその理由を聞くことになった。

私たちのグループの中に、全盲のご主人とその奥さんが同伴で参加されている方があった。年代は大体当時の私たち夫婦くらいであった。

その奥さんの方が、やはりこのちょっと侘しげなウェイトレスに目を留めて「何というきれいな肌でしょう」と言われたのだそうだ。日本の東北や北陸の女性の肌の美しさは世界一だと思っていたが、やはり上には上があるのだ。

しばらくすると、その奥さんは給仕に来たそのウェイトレスに何か言った。英語を話される方ではないから、堂々と日本語で語りかけられたのだろう。するとその言葉を理解するはずもないのに、ウェイトレスはちょっと頬を赤らめた。今どきの日本には、頬を赤らめる娘などいなくなってしまった。感動もないし、当時は顔におしろいならぬ「おくろい」を塗るガングロ化粧が流行していた年なのだ。

次の瞬間、その奥さんは盲人のご主人の手に自分の手を添えて、そのウェイトレスの頬にそっと触らせた。娘は恥ずかしがりながら、じっとするがままにさせていた。

旅の最中、この、眼の見えないご主人と手を組むことになったボランティアたちは、できる限りの説明をした。私の任務も「できの悪い実況中継」をすることだったが、どんな説明もこの夫人の心配りには敵《かな》わなかった。夫人は娘さんに「あなたはほんとにきれいねえ」と日本語でいい、娘にはそれがわかったのだ。だから彼女は頬を染めた。

次に夫人は、盲目の夫に、この世にこんなにも清らかな頬の娘がけなげに働いていることを指先で確認させた。娘さんはこの夫婦の希望を受け入れた。旅の中でも、この頬の感触の思い出がご主人にとっては最高のものだったろう。セクハラなどという言葉が入る隙もない瞬間であった。

一本の白いカーネーションを差し出したパトカー

障害者の聖地旅行に同行していたHさんは中年の女性で、筋ジストロフィーの患者さんである。しかし身だしなみも簡潔できれいにしているし、気力もしっかりした方なので、明るく振る舞い、全力を挙げて自分のできることをしようとしている。しかし長い移動は車椅子で、それを若い男性が支え、女性たちが食事の手伝いをする。

博物館を出たところで、突然Hさんの車椅子の前でパトカーが一台止まった。何か違反でもしていたのだろうか、と事情のわからない外国のことでもあるし、一瞬傍《かたわら》にいた介助者たちも緊張したらしい。トルコといえば、日本を出る前は、繁華街で自殺テロ事件があったという報道があったが、現地に来るとそんな緊迫した空気もない。

さて、そのパトカーは、車椅子のグループの傍に止まって何をしたかというと、Hさんに一本の白いカーネーションを差し出したのである。

こんな話は、日本の警察全体で聞いたことがないだろう。日本人が徹底して今まで男たちに教えてこなかったものの一つは、ダンディズムというものであった。ダンディズムは、洒落て、すてきで、一流で、きちんとしていることだと、字引には書いてある。警察の機構に取り入れられたら困る精神ではない。

砂漠で知る慈悲の心

或る年私は数人の友人と、やはりバスでカイロを出発した。この時の話をきちんと書いておきたい。運転している人が、直前に案内書で調べたところでは、シナイ山の麓のサンタ・カタリナ修道院に宿泊もでき、近くにガソリン・スタンドもあるということだった。ところが行ってみるとスタンドは廃業されていた。

私たちはこういう形で、日本以外の文化の形を学んでいったのである。相手を信じないことと相手を信じることとは、同時に行われなければならない作業であった。相手が「心配いらない《ドント・ワリィ》」と言ったら、それは心配すべきことがある証拠だし、「問題ない《ノー・プロブレム》」と言ったらそれは問題がある証拠だと反射的に考える癖もこういう出来事を通して習慣づけられた。

この時も、私たちは案内書を疑わずに信じたのが悪かったのである。しかしいくら反省してももう遅かった。私たちの車のディーゼル用の燃料は、どう計算しても一番近いオアシスのある村に戻るまでももたなかった。

車を捨てるわけにもいかない。私たちはとにかく人のいる所を探すことにした。すると近くに有刺鉄線を張った軍隊の駐屯地があった。

私たちは中に車を乗り入れ、アラブ語のできる人が事情を説明しに行った。私は半分くらい断られることを覚悟し、半分くらい軍が油を売ってくれることを期待していた。その場合司令官は、私たちに売った油の代金を黙って懐にいれるだろう、というのが私の予想であった。

先方が油をくれる、ということになった時、私はほっとしたが、すぐいくらで油を譲ってくれたかが興味の対象になった。私たちの仲間が辺境にある司令官を少し騙《だま》して安く譲らせたか、司令官の方が悪達者で私たちの足元を見て高く吹っかけたか、どちらだろう、と私は考えた。

ありがとう、さようなら、と手を振って駐屯地を出たところで、私はすぐ交渉に当たった友人に尋ねた。答えはどちらでもなかった。

軍はただで油をくれたのであった。誰でもエジプト軍に行けば油をただでもらえるのではない。私たちは困窮の状態にある旅人だと認められたからであった。砂漠では、いっぱいの水さえも、許可なしに水源から飲むことはできない。オアシスの使用権は、厳密にどれかの部族に帰属している。しかし困窮している旅人には、敵対部族といえども、一夜の宿と水とパンを与えねばならない。日本の自衛隊にもこの心は要る。

日本でも時々この時の体験を考えた。日本では子供にこういう慈悲の救済の精神を教えているだろうか。慈悲の心のない人は、人間として見下され、世界にも通用しないのである。

貧しさの中でもバラを植えている村に

以前チリの地方都市の貧民街で働く日本人とアメリカ人の修道女たちを訪ねたことがある。チリは南米でも有数の情緒ある国だが、貧困は底辺の部分ではなかなか根本的に解決されていない。貧しい村では住民の多くは失業者で、安酒をあおり、アルコール依存症になっていた。

そこで働くシスターたちも、もう中年以上か初老になりかけていた。長い年月、繁栄のアメリカ合衆国を捨てて、チリに生涯を捧《ささ》げたアメリカ人のシスターといっしょに、一人癌《がん》を病んで、生きる日々も長くないだろう、と言われている女性の家を私は訪ねたりした。

病人は村の中では、比較的裕福な人だったが、息子が親を捨てて出たまま寄りつかなかった。せめて生あるうちに息子が帰って来てくれたら、この人の生涯はたちどころに幸福に包まれるのに、と思いながら、私たちは村の道を帰って来た。

「私が初めてここへ来た時、こういう土地で働けるかしら、と不安だったのよ」

とシスターは言った。

「でもこの貧しい村で、当時でも何軒かバラを植えている家を見つけたの。それを見た時、『大丈夫、私はここで働ける』、と思ったの」

「人を助ける」少年の持つ信条

エルサレムの旧市街には貧しいアラブの少年たちが、あらゆることをしてお金を稼いでいる。絵ハガキ売り、靴みがき、ラクダの市場の手伝い。その間に、うかつな観光客がハンドバッグをその場にほうり出していたりすると失敬することもやっているだろう。彼らは絵ハガキの12枚つづりを「一ドル《ワン・ダラー》」で売るので、私たちはよく彼らのことを「ワンダラー・ボーイ」と呼んでいた。

その日、イエスが十字架につけられたゴルゴタの丘というところに建てられた聖墳墓教会を見学しているうちに、私たちはその日三人一組で押していた車椅子のもう一人のボランティアの担ぎ手とはぐれてしまった。教会を出てからバスの停まっている所までは、何十段もの不規則な階段がある。一人欠けると、左右不均等になり、かなりむずかしくなる。そうだ、あのお金を稼ぎたがっているワンダラー・ボーイにアルバイトをさせよう、と私は思いついた。

言葉は通じないが、ワンダラー・ボーイの一人に手真似で頼むと、彼はすぐに車椅子の一方の車を持ち上げて、歩き出した。

真剣な働き方だった。まるで斜めになって犬橇《いぬぞり》を牽《ひ》く犬のようだった。私は慌《あわ》てて傍《かたわら》を歩いている私たちのグループの婦人に、私は今ハンドバッグを開けることができないので、この子にお駄賃《だちん》としてやる分の二ドルを出しておいて頂けますか、と頼んだのである。するともちろんその人は「よろしいですよ」と小銭を用意してくれた。

私は何度もこの迷路のようなアラブ人の町を歩いていたのに、最後の階段がどこで終わるのかよくわかっていなかった。しかしその少年はある場所まで来ると突然車椅子を置き、身を翻《ひるがえ》して元来た道を飛鳥のように帰り始めた。

私は慌《あわ》てた。小狡《ずる》いと思われていたアラブの少年が、まったくお金など目当てにせずにただ働きをして帰って行ってしまったからである。傍で小銭を用意してくれていた婦人からお金をもらい、私はようやく彼を呼び止めてお礼を渡した。

彼らの信条では、困っている人を助けるのは、当然の義務なのである。それはそうしないと、その人が死ぬからであった。砂漠や未開の土地は、決して人間に甘くない。ゆきずりの人であろうと、敵対部族であろうと、とにかくその人を助けなければ、その人は死ぬのである。自分がそうなった場合助けてもらわねば死ぬのだから、人も助けねばならない、と子供の時から理解するのである。

だから置き引きをする一種の才覚と、無償の奉仕とは、少しの矛盾《むじゅん》もなく、子供の中に混在している。

貧しげな女の子がくれた最上のバナナ

雨が充分に降る所には、バナナが生える。バナナが生える所には飢餓がない。栽培が簡単なバナナは、どんな貧家の小屋の後ろの僅かな空き地にも生え、それだけで子供たちはどうやら飢えない。

アマゾン河中流のマナウスでは、河岸の市場で裸足の子供が私にバナナをくれた。バナナ市場では大房から自然に落ちたバナナはだれが食べてもいいのだそうだ。その貧しげな女の子はそうして落ちた最上に熟《う》れたバナナを私にくれたのである。

「勉強嫌いでも人間を愛しているのよ」

生涯の豊かさは、どれだけこの世で人々に「会ったか」によって訪れる、と私は考えることが多い。

昔、沖縄へ行く飛行機でアメリカ人の中年女性と隣り合わせた。

私は何も聞かなかったのですが、彼女は「私には息子が二人いる」と語り始めました。長男はマサチューセッツ工科大学を出た秀才で、教授になっている。下の子は、あまり勉強が好きではなくて成績が悪く、軍隊へ入って、沖縄で好きな人を見つけて結婚し、子供が生まれた。今日、初めてお嫁さんと孫に会いに行くのだと、財布から息子夫婦と孫の写真を取り出して見せてくれた。

ごく普通の女同士、旅の間の会話である。しかし彼女は二番目の息子のことを「勉強は嫌いなんだけど、彼は人間を愛しているのよ」と、褒めたことに私は打たれた。日本にはない感動的な表現であった。人を愛することができる人間は、母親が自慢してもいいほどのことである。私は、子供は秀才でなくてもいいから朗らかで、ものごとを好意的に見られて、世の中をおもしろがって暮らしてほしいと願っていたから、彼女に会えてよかった、とつくづく思ったのである。

その人の生涯が豊かであったかどうかは、その人が、どれだけこの世で「会ったか」によって、計られるように私は感じている。人間にだけではなく、自然や出来事や、もっと抽象的な魂や精神や思想にふれることだとも思う。何も見ず、だれにも会わず、何事にも魂を揺さぶられることがなかったら、その人は、人間として生きてなかったことになるのではないか、という気さえする。

一杯の紅茶の幸せの光景

幸福といえば、思い出す光景がある。

アフリカの砂漠の真ん中で、ラクダを何十頭と連れたベドウィンのおじいさんが、一人でお茶を飲んでいる姿だ。荒野を旅する人たちは、必ず彼らのラクダの背に石三個を積んでいる。ラクダを止めた所で、その石三個を置いてかまどをつくり、ラクダの背に積んだ薪を燃やし、ヤギの革袋に入れてきた水でお湯を沸かして、紅茶を淹《い》れ、砂糖をたっぷり入れて飲む。手がベトベトになるほど甘い紅茶だ。

その時、彼は深い幸福を味わっている。なぜなら、第一に命をつなぐ水を持っている。それだけでも幸運な人なのだ。第二に、紅茶という文明の産物さえ持っている。何しろ輪入品なのだから。

そして、三番目に砂糖を持っている。高カロリーがとれるのと同時に、甘さという非常に恵まれてくれた感覚を与えてくれる。彼らにとって砂糖は、家族の愛の証なのだ。入れれば入れるほど甘くなって「ああ、オレは家族から愛されている」という実感につながる。一杯の紅茶で、これだけの幸福がある。日本人は、豊かであるがゆえに、そういうイマジネーションをなかなか持つことができないのだろう。

アクセサリー売場の女性のいい年の取り方

私は、旅先で出会った人とちょっとした「人生の会話」をするのが楽しみなのだが、イタリアのベネチアで、古い宿屋に泊まった時のことだった。食堂に行くと先客がいっぱいで座るところがなく、若いボーイに「私たち四人なんだけど、席はありません?」と聞いたら、「ちょっと待ってて。今用意しますから」と言うのである。

そのうち夫が待ち切れなくなって、自分で探しに行ってしまい、間もなく、そのボーイが戻ってきた。

「四人分の席がありましたよ」

「ごめんなさい。今、うちの夫がいなくなっちゃったの」

私がそう言うと、ボーイは笑って答えた。

「時には、夫はいなくなるほうがいいんじゃないですか」

まだ若くて結婚はしていない感じだったが、母親とか姉とか従兄弟とかが、ろくでもない夫に苦労したり、夫婦喧嘩したりしているのを見続けてきた。だから、夫がいないほうがいい時もある、とわかっているのだろう。人生の本質をすでに見抜いている彼は、日本には見られないほど大人であった。

イスラエルでは、定宿《じょうやど》にしているエルサレムのホテルの中にアクセサリー店があって、私はよくその店を覗いた。あまり高級ではなく、しかし、ひどい安物でもなかったからである。そこに、髪を短く刈り、老眼鏡をチェーンで首にきりっとかけた、いかにも仕事ができる雰囲気を漂わせた売場主任の女性がいた。銀のイヤリングを買うことにして、その女性にお金を払おうとしたら、彼女は老眼鏡の下から私の顔を見上げながら、

「あなたは去年も来たわね。ご主人と来て、クレジット・カードで支払ったわ」

と言うのである。そして、彼女は夫が使ったというカード会社の名前まであげてみせた。それは大手のカード会社の名前だったから、当てずっぽうかもしれないと思いながらも、私は答えた。

「すばらしい記憶力を持っていらっしゃるのね。あなたのように何でも覚えていると、人の倍生きたくらいおもしろいことがあるでしょう？」

「そうね」

彼女はそこで一瞬、伝票を作る手を止めて言った。

「でも、覚えているから、辛いこともあるわ」

たぶん彼女は、これまでに何度も人に裏切られたり、嫌な目に遭ったりしたのだろう。その体験を数秒のうちに思い出して、「ああ、あんなことは忘れたい。でも私はこの人が言った通り、記憶力がいいから苦しみもするけど、思い出も多いんだわ」と感じたのだと思う。でも、それをさっと私に言える。すばらしい表現力なのである。

そういう会話が日本では、ほとんどできない。表現力の問題もあるのだろうが、仕事の時には、そんな自分の世界を見せてはいけないと決めている。その点、いつだって人間は、重厚な個人の生活を持っているのだ、と考えている外国と人生への対峙の仕方が違うのではないかという気がしてならない。

たとえば外国では、否応なく、転がり込んできた兄貴をずっと食べさせたり、親戚の子供を引き取って育てなくてはならなかったりする場合が多い。一方、日本人は、さわらぬ神に祟りなし、というように、厄介なことはできるだけ避けようとする。それだけでなく、嫌なことには眼を逸らしたり、悲しい時は気持ちをごまかそうとしたりする傾向が強いようにも思う。

人生には、必ずいいことと悪いことがある。生きていれば、人に誤解されることもあるし、どうして自分だけが病気になったのだろうとか、自分の家だけが倒産したんだろうとか思うこともあるだろう。その悲しみや恨みをしっかり味わってこそ、人生は濃厚になるのである。

私は、自分の財産というのは、深く関わった体験の量だと思っている。若い時から困難にぶつかっても逃げだしたりせず、真っ当に苦しんだり、泣いたり、悲しんだりした人は、いい年寄りになっているからだ。

放射能の地で陽気に笑ったお爺さん

私は当時、働いていた財団の仕事で、一九九九年にベラルーシを訪問して、いわゆるチェルノブイリ原発事故の跡地に入っている。事故は一九八六年だから、十三年後ということになる。

東日本大震災後、東北の被災地の人々が直面している移転問題のうちの一つは、放射能の被害の可能性が今後どれだけ続くかということだろう。総理が「とうぶん住めないだろう。十年住めないのか、二十年住めないのか。そういう人たちを内陸部に住まわせるエコタウンのような都市を考えなければならない」と言ったとか言わないとか、当時新聞は書いていた。

十三年後のベラルーシの、いわゆる事故現場から三十キロ以内の居住禁止区域が、その答えの参考になるかもしれない。

そこはもちろん公的には住むことができない。学校も、ほかの大きな建物も、文字通り廃墟と化しているが、区域内には住んでいる人は当時でも何十家族かはいた。皆自分の家がよかったので勝手に動かなかったのである。そして住んでいても、放射能によってばたばた死んでいるという気配でもない。

一人のお爺さんは、周囲が無人になったので、キノコは独り占めにできる。ジャガイモもよく採れて、ここの住まいは快適だ、と言っていた。この人は昔の人が「アル中」と言ったような顔つきで、鼻の先が赤い。健康被害について聞いてみると「ウォッカを飲んでいれば大丈夫じゃ」と典型的に陽気なスラブ人気質である。

本当は地中に生えるものがもっとも多く放射能を含むという説もある。だからキノコとジャガイモは避けた方がいい食べ物なのだと思われているが、この人の健康の元は、科学的に説明できるものではなく、恐怖も屈託もない彼の性格によるものかもしれない。

国境を越えた「ポルノ作家」

昔、まだ鉄のカーテンと言われるものがあったソ連時代、緊張が高まっているルーマニアとブルガリアとの国境を車で越えたことがあった。その時、係官に職業を尋ねられたので、「小説家だ」と答えたら、「どんな小説を書いているのか」と聞く。何しろ広い意味でジャーナリストという職業は用心されていた時代でもあった。私が、家庭小説と言おうか、カトリック的テーマと答えたほうがいいだろうかと迷っていると、一緒に旅行していた友人がフランス語で「ポルノグラフィーック」と、代わりに答えてくれたのである。つまり「この人はポルノ作家です」と言ってくれたわけだ。

するとと、両国の係官たちがいっせいにどっと笑った。両国といっても、小屋《ブース》が五メートルくらいしか離れていなかったからである。いっせいに、ワーッと笑って、「オーケー！」となった。

おかげで、私たちは無事に国境を越えられたのである。ポルノグラフィーックの世界は、昔も今も、人々の心の緊張をほどき、共通の楽しい感覚の存在を思い起させてくれる。「ポルノグラフィーック」で切り抜けてくれたのは日本人のカメラマンだったが、世界のさまざまな国で仕事をしてきた苦労人の知恵である。ユーモアというのは、「みんないい人」と思いたがっているような単純な人にはつくれない世界である。自分も含めて、人間の中に、いささかのやましさとか弱さとか、悪の部分があることを認めていないと、ユーモアは生まれないものだ。

神さまはカジノにもいる

一九八二(昭和五十七)年、私は小説の準備のためにアフリカのマダガスカルに行くことになった。毎日新聞に『時の止まった赤ん坊』という小説を連載することになった時、私は途上国で働く一人の修道女の生活を書くことを考えていたからである。

当時、マダガスカルの首都から南へ百七十キロのアンツィラベという町で、マリアの宣教者フランシスコ修道会から派遣されたシスター・遠藤能子《えんどうよしこ》が、修道会の運営するアベマリア産院で助産師兼看護師として働いていたのである。そこで私は修道院に泊まり込んで、数週間、取材を続けることになった。

首都へ戻ってマダガスカル最後の夜を過ごすことになった時、私はたった一軒だけあった高級ホテルの最上階にあるカジノに行くことになった。賭け事は好きではないのだが、小説の材料になるかもしれないと思ってエレベーターに乗り、同行してくれた日本人の商社マンに口約束をしたことは覚えている。

「もしこれで当てたら、あの貧しい修道院に寄付しなければね」

軽い気持ちの口約束だった。どうせバクチは当らないことに決っている。

その夜、私は二度だけルーレットで賭けた。そして、その二度とも、まったく無駄な目に張ることなく当てるという、信じられない幸運を手にしたのである。あまり珍しい幸運なので私が言うと小説家の嘘と思われかねないから、同行してくれた商社マンに、私は証明書を書いてもらってある。

その時、私は「普通神さまは教会の祭壇にいらっしゃることになっているけれど、カジノにもいらっしゃるんだわ」と思ったのである。神は「遍在する」のであって決して「偏在する」のではないことを私は改めて確認した思いだった。

その時、さぞかし大金を賭けたのだろうと思われるかもしれないが、そこは賭け金の上限が決まっているしょぼくれた田舎のカジノらしく、私が約束通り置いてこられたお金は、新聞社からのお餞別《せんべつ》を含めて、約三十万円ほどだった。しかし、それはその国では途方もない大金だったのだろうと思う。

千円で赤ちゃんが助かるなら

帰国してから私が知人にしゃべっていたマダガスカルの話で、カジノの話よりもインパクトを与えたのは、知人のシスター・遠藤の働いているアベマリア産院の一泊百二十円かかる保育器のこと、つまり赤ちゃんの入院費のことであった。

「ほとんどの親はそのお金がなくて、赤ん坊を家に連れて帰るから、みんな死んじゃうのよ」

そう言うと、友だちは私に尋ねるのである。

「じゃ、私が千円送ってあげたら、赤ちゃんを八日間、保育器に入れられるの？」

「そうよ。千円で、死ぬ子も生き延びるかもしれない」

友人たちは、しだいに私に数千円のお金を託してくれるようになった。その波及が楽しかったので私が雑誌に書いたりすると、それ以前からの支援者の他に、こちらの寄付をしてくださる方も増えてきたのである。

正直なところ、これは私の予想外だった。千円でも預かったら、その千円を確かにマダガスカルに送って保育器を使う入院費に使った、といちいち報告しなくてはならない義務が、そこから発生したのである。

人からお金をお預かりしている以上、この報告だけはやめられない。そうこうするうちに、ある程度のお金が集るようになってきた。それで使途を広げて、「海外邦人宣教者活動援助後援会」という小さな組織を発足させることになった。

文字通り、これは、海外で働くカトリックの日本人神父と修道女の活動を助けるための資金と物資の援助を目的とした民間組織である。ただしはっきり規定を設けた。信仰の布教はいっさいしない。教会を建てたり、カテキスタと呼ばれる布教をする人を派遣する仕事には使わない。寄付をしてくださる方には、仏教徒も神道もおられるのだから、寄付金をすべて、食べられない人のための食料を買うこと、病院や医薬品の購入、それから教育費、それに交通手段がほとんどないアフリカの特殊事情があるので、移動のための自動車の購入に充てることにした。

「喜びのあまり、一人死にました」

マダガスカルから帰ってからしばらくの間、私はしじゅう「ああ、こういうもの、マダガスカルだったら、いい値段で売れるのになあ」というようなことばかり言っていた。どんなものが売れるかというと、ビタミン剤の入っていたプラスチックの容器、ビスケットの罐、水洩れのしない小壜、飛行機会社がくれる化粧品セットを入れた袋、ビニールの紐、デパートの紙袋、などである。

貧乏な人は、市場で売られている赤ん坊用の粉ミルクを、小匙いっぱいがいくらの単位で買うのである。マダガスカルには国産の乳児用のミルクの生産設備がないから、粉ミルクはすべて輸入ものになる。だから、高くてなかなか買えないのである。そのミルクの粉を入れる袋や容器も、貧乏な人の家にはない。

当時のマダガスカルでは、石鹸《せっけん》を手に入れることが容易ではなかった。市場では、石鹸の代用品として、灰を団子のように丸めたものを売っていた。日本の段ボールが売られていたら、どれほどの値がついたか知れない。

マダガスカルではもう一つすさまじいことがあった。私たちの救援組織は、お金の使用目的に納得が行けば、他のことにも送金をすることにしていたが、その中の一つに、刑務所の囚人にクリスマスのごちそうを差し入れるというのもあった。

もともと食料も充分でない国のことだから、刑務所の食事は、ほんとうにやっと飢えをしのぐだけのものだという。もちろんマダガスカルでも刑務所の差し入れの規則は厳しいのだが、修道院のシスターたちは信用があって、クリスマスにだけは特別に人道的な配慮の下に、ごちそうの差し入れも許されているらしかった。

特別のごちそうと言っても、それこそご飯と肉と野菜とバナナくらいなのだが、それでも囚人たちにとっては夢に見るほどの贅沢だという。

差し入れ弁当の結果がシスターから送られて来て、私たちはまた腰を抜かしそうになった。

「今年も喜びのあまり、一人死にました」

こう書く他はなかったのだろう。それが嘘も隠しもない真実だったのだ。断食をしている人や、遭難して何日も食料がなかった人が、食べるものがあって食べてもいい状態になった時、急にがつがつ食べて体を壊すことがあると聞いてはいたが、それと同じなのだろうか。

私は毎月、お金を出してくださった方たちに、その月にあったできごとを短いニュース・レターにして送っているのだが、私たちのお金が、九九パーセントまで人を生かすために使われていると同時に、稀には人を殺す羽目になったことも隠さなかった。私はこういう意味の一行も書き加えた記憶がある。

「私たちは人が『死ぬほど嬉しかった』ことに手を貸せたということになります」

貧しさを知らないということは、どこか人間の本質を見失っている。

貧しい人を救うのがイタリア人の人情

久しぶりにイタリアに来て、イタリアで暮らしている人の話を聞いたり、実際に暮らしぶりを見たりするのは感動的だ。

イタリアには多数の移民が流れ込んでいるが、それがまた政府民間共に頭痛の種である。

貧しい移民は、必ず売春、麻薬密売、暴力事件などに絡んでくるからだ。

しかし頭痛の種であることと貧しい彼らに情をかけねばならないと考えることとは別である。彼らは町で乞食をしていることも多いが、イタリア人は、彼らに小銭を恵んでやる人も多い。おばあさんは小銭を必ず幼い孫に持たせて、彼らのかごに入れさせるようにするという。貧しい人を救うことは、教育であり、信仰の根幹なのである。なぜなら神は我々の前に現れる最も貧しい人の中にいる、と聖書には書いてある。

そういう話を聞いていると、私たちのバスが交差点で停った。私たちの前に停っている一台の乗用車に一人の初老の男が近づいてドライバーに帽子をさし出した。するとドライバーは窓を開けて小銭を恵んだ。初老の男はまだひどく老いぼれてもいない。ちょっと憎らしい感じすらする。それでも人々は自分より気の毒に思えば恵むのだ。

おばあちゃんに育てられた一人の男がいた。自分をかわいがってくれたその祖母が最近死んだ。男は知人にぼやいて言ったという。

「本当に僕が仕事に忙しくて、一月《ひとつき》に一度もおばあちゃんの墓参りに行けないんだ」

「お墓はどこにあるの？」

質問者は当然市内のどこかの墓地のことを考えていた。しかし祖母の墓はナポリにあった。ローマ―ナポリ間は約二百二十キロ。それがイタリア人の人情なのだ、という。

子供への本当の親切

まだ若い時から私はかなり無謀で、見知らぬ外国の田舎を歩くなどということも大好きだった。イギリスでは、ロンドンでレンタカーを借りて、最北端まで夫と二人でドライブをした。

夏なお寒いのが、イギリスであった。八月というのに、私はオーバーを着てまだ震えていた。その頃のイギリスではあちこちで橋の代わりに車をフェリーに載せて運ばなければならない所があった。雨も始終降っていた。私たちは車の中にいるのだから降っても濡れないし、シートに坐ってただ暗い景色を見ていればいい。しかしハイキングをしている人は、合羽を着ていても濡れて寒そうだった。ことに十分か二十分にせよ、フェリーの甲板の上でじっと対岸に着くのを待っている時は、どんなに寒いだろう、と私は同情した。

せめて子供でも車の中に入れてあげよう、と私は思って近くに立っていた母子に「よかったら車の中にお入りなさい」と声をかけた。

するとその人は「ありがとう」と言ってから、

「でも私たちは体を鍛えるために来ているのですからご心配なく」と言った。子供にも、長い道程を歩かせ、雨が降れば濡れさせ、結果として寒さに震えさせるのが目的だ、というのである。

子供に親切にすることは、乾いた車内で休ませることではないのだ、とその母親ははっきりと言ったのである。

障害者が与えてくれた寝ずの番の楽しみ

一九八四年から始めた「障害者といっしょに行く聖地巡礼の旅」の特徴は、障害者もボランティアも全く同じ費用を出して参加することで、すべてのお世話は、純粋に同行者の友情で行われた。そうやって、主にイスラエルの旧約と新約の土地を、専門家の講義つきで聖書を勉強しながら旅行するのだが、ある年、イスラエル南部の砂漠に住む遊牧民ベドウィンのテントに泊まる日も旅程に入れた。

ベドウィンのテントでは、簡単なマットを敷いた砂の上で寝袋にもぐり込むだけで、男も女も数十人が一つのテントの下で風に吹かれ、隙間から星の見える夜を過ごす。顔も洗わず、歯も磨かず、服も着替えずに、ごろりと横になるという単純生活のきわみで、一度やったらやみつきになるほど、さわやかなものである。砂漠に野営するなどということは、障害者がなかなかできる体験ではないから私はそういう体験をさせたいと思ったのである。

しかし、車椅子の人たちが砂地をトイレまで辿りつくには、必ず誰かの手助けが要る。それで、私たちはいつでも障害者が気楽にトイレに行かれるよう、若い男性たちを中心に、寝ずの番を作った。西部劇のように、テントの入り口で焚き火をたき、そのそばで不寝番をするのである。インディアンが襲ってくるわけではないが、不寝番は必要な任務だった。

ところが、その夜当番になった人たちが、「こんな楽しい時間はなかった」と言うのである。不寝番など、ほとんどの人が今まで一度も体験したことがない。火のそばで、酒を飲み、イカの足をかじり、しゃべり明かす。当番でない人まで羨《うらや》ましがって起き出してきて加わるのである。たまに立ち上がって背を伸ばすためにテントの外へ出れば、悠久の時間を思わせる満天の星が広がっている。生きている実感に満たされたすばらしい夜であった。

筋萎縮性側索硬化症で視力もほとんど失われていた男性は翌朝私に、「生きてこんな砂漠まで来られるとは思いませんでした。昨夜、僕は星を見ました」と言ってくれたが、不寝番の人たちに楽しい人生の時を与えてくれたのは、車椅子の彼らだったのだ。邂逅というのはそういうものであった。

コリないシスターズの決意

三人の日本人シスターたちは、コンゴ民主共和国の政変の時にも残留した十四人の日本人の中にいた。多分残るだろう、と私は思っていた。そのうちの一人、シスター中村寛子《ひろこ》は以前アンゴラでもゲリラに捕まって四十五日も山野を引き回された人である。その間、日本側は彼女の生死もわからなかった。帰って来た時、これでシスターも少しは日本でゆっくりするかと周囲は思ったらしいが、シスターは少しも懲《こ》りず、次はアンゴラに少しでも近い国で働くと言い出した。アンゴラから出された時、二度とこの国には入らない、という誓約をさせられていたのだという。私がシスターたちのことを「コリないシスターズ」と秘かに命名したのは、その頃のことである。

その結果シスターはフランスで言葉の勉強をしなおしてから（アンゴラはポルトガル語であった）ザイールに入った。コンゴ民主共和国の前身である。私の関係している海外邦人宣教者活動援助後援会は、シスターが働くことになったボーマの障害児学校の通学用に、スクールバスを二台送った。

今度の政変後、シスターが私に最後のファックスを送ってくれたのは八月十四日である。絵の上手なシスターは悠々と、椰子と小屋のカットまで描き添えてくれた。

私たちを迎えてくれる現地の用意は実に温かく整えられていたのであった。訪問が中止になって皆がっかり、私もがっかりした。私一人ならもしかすると行ったかもしれない、という思いは何度も私の頭を掠《かす》めた。しかし十七人の日本からの調査団が動乱の地に入ったら、水や食糧を確保するのも大変だし、その上脱出の手段をこうじるのも容易ではなく人に迷惑をかけることにもなりかねない。私はシスター当ての最後のファックスに「あなたはほんとうに『政変女』ですね。（雨女というような意味で……）」と書いた。以下がそれに対するシスターの返事である。

「昨日八月十三日、キンシャサから四百キロ離れたところにあるコンゴ自慢のインガダムから送電が絶たれて、キンシャサはほとんどマヒしてしまいました。水もなくなり、六百万人の市民がコンゴ反乱軍（ツチ族）にインガを落されたと暗澹《あんたん》としてしまいましたが、本日お昼頃また電気がつき水も出るようになりました」

それでシスターは私にファックスを送ってくれたのである。

「八月二日から始まった混乱で、カンルカのシスターたちのジープは偽の兵隊八人に盗られ、不自由になりました。カンルカの住民たちは診療所や学校で（海外邦人宣教者活動援助後援会の）お世話になっていて、自分たちの車のように思っていたので、悲しんでいます。

今日午後、外国人出国のため、最後のフランスの飛行機で、高野大使始め館員の方々はガボンのリーブルヴィルに発たれたはずです。何度も一緒に出国するようにとお電話を頂きましたが、『政変女』がいないとこの動乱もおもしろくなくなるでしょうから残りました。シスター高木裕子《ひろこ》も、聖心会のシスター嶋本操も残りました。コンゴは『コリないシスター』だらけです。お勧め頂きましたように、私たちの携帯電話で修道会の本部に電話いたします」

私は最後に送ったファックスの手紙に、脱出に必要だったら、私が後で補填しますから誰からでも借金をして来ること、電話も誰か携帯を持っている人に借りて安否を伝えることと、を頼んだのであった。引揚げの混乱の中でも誰か必ず携帯電話を持ったヨーロッパ人がいて、その人が残るシスター中村たちに心惹かれ、「電話を使いなさい」と言ってくれるだろう、などと想像していたのである。

手紙には少しも差し迫った悲壮さはなかった。「コリないシスターズ」というのはグループ・サウンズの名前としてもいいのではないだろうか、と私は考えていた。

私がシスターたちはたぶん残るだろうと思ったのは、彼女たちはコンゴにいる限り、日々確実に重い手応えで生きがいを感じていられるからである。それは安穏で豊かな日本では、ほとんど絶望的に与えられないものだからでもある。

シスター中村寛子は昔、山口県モーターボート競走会の職員だったが退職して修道女になった。私の働く日本財団はモーターボート競走の売り上げ金の三・三パーセントを受けて働いている。そのことを知った時私は呆気にとられた。こんな嘘のような話がほんとうにこの世にあるのだ。

今彼女たちの安全を守れるのは神と周囲の人たちの敬愛だけだ。

セ・ラ・ヴィ　これが人生

さて、パリでは清潔なバスルームで髪を洗ってから、町へ出た。飛行機に乗る前後には、歩くことが大切だからであった。ポルト・マイヨーのあたりは全く知らないわけでもないはずなのに、地下鉄の駅の場所を覚えていなかった。道行く人に聞いて切符を買い、人気もまばらなホームに下りたとたん電車が入って来た。どっちの方向へ行く電車かもわからなかった。そこにいた婦人に「フランクリン・ルーズベルト、ＯＫ？」と聞くと「イエス」と言ってくれたので近くのがらがらに空いていた車室の席に座った。

二等車であった。これは特別の切符を買わねばならない席かなと思ったが、それもわからないのでそのまま二つ目の駅で下りた。ところがそれはフランクリン・ルーズベルト駅ではなかった。

ホームで再び私はこの電車に乗れと私に言った婦人と顔を合わせた。私はいつも態度の悪い人間なので、その時だけは気をつけてできるだけ柔らかく「ここはフランクリン・ルーズベルトではなかったんですね」と言った。すると相手は少したどたどしい言い方で「ごめんなさい、私があなたの言葉をよく聴きとれなかったもので」と言った。それで私は、「私こそ、発音が悪かったんです」と答えた。フランクリン・ルーズベルトは、大げさに言うとホアンフリン・ホーズベールみたいな発音にしないとフランス風にならないのである。どうしたらフランクリン・ルーズベルトに行けるか、ということで、私たちはホームで立話をしたが、それはちょっと複雑なようであった。私は反対行きの、別の線のしかも急行に乗ってしまったらしいのである。

婦人は五十代の穏やかな丸顔の女性だった。どんなものを着ていたかさえ記憶がないのだが、惨めでも、けばけばしくても、私は覚えていただろう。人生を、少しも爪先立ちせず、いつも踵の低い靴でしっかりと大地を踏みしめて歩いて来たような感じの人だった。

彼女は駅員に、私がどうしたらフランクリン・ルーズベルトに行けるかを聞いてくれた。道を五百メートルほど行くと何とかいう駅があり、そこから乗ればそのまま乗り換えなしにフランクリン・ルーズベルトへ行ける、という話だった。しかし私はその辺でタクシーを拾うことに決めていた。

彼女は私を心配して、この道を真っ直ぐ行けば駅なのだから、と並木道を指して教えてくれた。そして「私が間違った道を教えたから」と繰り返した。

「いいえ、楽しい間違いでした」

と私は笑った。

「道を間違えなければ、あなたにお会いできなかったでしょう?」

私の腕を軽く取っていた彼女の手に、その瞬間ちょっと力がこもった。

「それに、これがセ・ラ・ヴィ《セ・ラ・ヴィ》人生、でしょう?」

私の使えるフランス語と言ったらそんなものである。

「私はいつでも、人生を楽しんで来ました。間違いをしでかした時でも、です」

それは嘘ではなかった。ずっと昔私の家にナイフを持った強盗が入って、何も取らずに逃げたことがあったのだが、その人が数日後に延々と脅迫電話をかけて来た時も私はその会話を楽しんでいた。第一通目の電話で「今回はしくじったけれど、次は必ずあんたをやる」と相手が言った時も、私は笑いだし「お互いにそれほどの者じゃないですよ。そんな芝居がかったことを言うのはやめにしましょうよ」と言った。

三通目くらいの電話から(こちらの電話には逆探がついていて、刑事さんが私の背後にいたのを知っていたのだろうか、彼は転々と公衆電話を替えて、三分で切ってはまた掛けて来ていた）彼の態度は変わって来た。私が彼の逃げ足の早さを褒め、あの身のこなしなら、少なくとも立派なトビ職になって高給がとれるはずだ、と言ったからかもしれなかった。彼は私と喋るのを楽しみ、私の家の防犯設備の悪い点を全部教え、改良方法まで指示してくれた。表と裏に一匹ずつ犬を飼え。それができないなら、大きな音の出る防犯ベルを設置すべきだというのが彼の意見だった。そしてもう決してあんたをやるようなことはしない、と彼は誓った。

結局、彼は十三通、私と電話で喋った。もっともこれが彼の逮捕の原因にはなった。通話はすべて録音され、国立国語研究所で精密に分析され、刑務所の待遇の非人権性を自分から語ったこの人がどこ地方の出身者であるかが、彼の言葉の語尾からかなり厳密に割り出されてしまったと聞いている。

その時、刑事さんの一人が言った。

「奥さん、脅迫されたり、危険な状態になったら、とにかく相手と喋った方がいいですよ。人間、喋っている間は、なぜか相手を殺さないもんだから」

その言葉が今でも私の記憶に残っている。

私たちが生きている時間は本当に短い。会う人も、会える時間も、それは得難いものだ。

私たちはまずさわやかに挨拶し、お互いに礼節と人情を尽くして会っている時間を楽しくし、この世で会えたという偶然を心の奥底で深く感謝すべきだろう。

楽しく暮らすというのは、物質的なことばかりではない。出会いを楽しむことも含まれる。そんなことならパリのおのぼりさんにでもできることなのである。

5章

旅で知るそれぞれの流儀

純白のもののない町の白い夢

私は星のきれいな場所ばかり行った。

一四八〇キロもの間、水のないサハラ砂漠の真ん中では、人工衛星が光りながら飛び交っていた。流星は十分に一度くらいの割で見えた。

インドの田舎。牛の糞《ふん》で作った家には、燈火《とうか》もほとんどないから夜は星の独壇場である。

マダガスカルの地方の町。ここでは、壮大な天の川が天空の真ん中に光の帯になってかかっていた。その先端が、暗い森にずどんと突き刺さっていた。

ここでは、すべてが自然なので、人々の生活には純白というものがなくなっていた。工業生産品は高くてめったに手に入らない。石鹸《せっけん》も不足なので、人々は戦争中の日本のように灰汁《あく》で衣服を洗っているからである。

それにもかかわらず、白鷺《しらさぎ》だけは、夢のように白い。夕方日没の頃《ころ》、完全な沈黙のうちに暮らす観想修道会のミサに与《あず》かっていると、遥《はる》かかなたの田圃《たんぼ》に白鷺が何十羽も連れ立って降りる。その白さだけがこの世のものとも思えないほど白い。無残な思いであった。なぜ人間だけが、貧しくて不潔で、痩《や》せているのかと思った。この国では道端に咲くコスモスさえも、日本では見られないほど大きな花をつける。

旅行者には、星のきれいな町はいい。しかし住民にとっては必ずしもそうではない。星の美しい町を売り物にすれば、日本では観光客が来るかもしれない。しかしマダガスカルの貧しい町では、町はただ自然の中に放置されたままだ。

仔犬は子供たちの夜の必需品

その貧しい一家の住むブラジルの田舎の家は、隙間だらけの羽目板を打ちつけた二軒長屋だった。文字通り、中から外の景色が羽目板の隙間から見えている。壁板一枚で隣り合わせている隣家には、若禿げでにやにやした薄気味悪い表情の独身の失業者が住んでいた。しかも共同のトイレは、この独身者の家の側にある。夜などトイレに行く度に、この男の意識の中に身をさらすことになるのは、どんなにいやだろう、と私は同情していた。

この長屋風小屋の前には仔犬を四匹抱えた犬が寝そべっていた。母犬はあばら骨が見えるほど痩せていたが、仔犬たちは強引に母親のお腹の下に潜りこんで乳房を離さない。

「この犬は、この一家が飼っているんです」

とシスターが言った時、私は耳を疑った。自分たちの食べるものもないような人たちがどうして犬を飼えるのだろう。私がその点を尋ねると、シスターは答えた。

「犬に餌なんかやっていませんよ。犬の方が勝手にどこかに行って、何とか食べるものを工面して生きているんでしょう」

それでも犬は「全く餌をくれない飼主」の小屋の前の空間を、自分たちの家と心得ているようだった。そして私は、その時、この一家にとって犬はどれだけ必要かをしみじみ感じたのである。子供たちはそれこそ、玩具など何一つ持っていない。裸足で、サイズの全く合わない大きなシャツが（もちろん古着としてもらったものだろう）、片方の肩からずり落ちるのも気にせずにいる。唯一の玩具は仔犬たちである。この生きて動く仔犬たちはしかし最高の玩具だった。しかもこの仔犬たちは夜の必需品でもあった。ろくすっぽ蒲団もない家では、子供たちがめいめい一匹ずつ仔犬を抱えて寝れば温かさもうんと違うのだ。

闘牛場の中の明るい「神の御手《みて》」

生死の隣り合わせといえば、スペインのマドリッドでは、闘牛場の中を見せてくれた。闘牛自体は残酷なところをのぞいたら、あんな単純なゲームもないが、この闘牛場の構造はおもしろかった。

闘牛場は、最新式の外科の手術室をそなえ、闘牛が始まると同時に、消毒器はメスやピンセットを一ぱいにして、ふつふつと蒸気をあげつづけられるらしい。この手術室から場外へ通じる通路は一見、いかにもタンカが通りにくそうな、急角度に折れまがった細い廊下であるところを見ると、大ていの場合、自分で歩いて外へ出られるほどの傷ですむのか。

そう思って歩いて行くと、一番入口に近いところに小さなチャペルがあったので、私は思わず笑い出した。

外科室でカタがつかなくなった闘牛士は、あわてくさって救急車につみこまれることもなく、この妙な明かるいチャペルで「神の御手《みて》」にひきとられ、「永遠の眠り」につくのであろう。そしてこれだけの至れり尽せりの設備をすることが、とりもなおさずスペインの精神と物質の近代化を表わすことになるのか。しかし笑ったのは日本人だけだった。

赤ん坊は優しく葬られていた

実は、私は死人というものが怖くてたまらなかった。私は血だらけの手術の場面を見ても恐らく平気だろうと思われる。しかし、死、死人、腐敗した死体などというものに対しては原始人のような恐怖を感じずにはいられなくなった。それがエジプトの遺跡では、毎日死者と対面することになったのである。

私は暫定的《ざんてい》に、法医学の小片先生の弟子になることにした。小片先生は、骨盤を見てさえ、男か女かわからない私のために、仕事をなさりながら、辛抱強く解説をしてくださる。

すでに前年度の発掘の時に、中身をきれいにとり出してしまったローマ時代の人型棺は、布をまきつけたミイラの格好をしていて遺跡の陽《ひ》を浴びていた。そして私が現場を踏み荒らさないことを唯一《ゆいいつ》の目的にうろうろしている間に、いつの間にか熟練した労務者たちによって、ある日、死人の足先だけが二千年ぶりに陽の目を浴びて、にょっきりと砂の間から顔を出している、ということになるのである。

「これはミイラです」

と小片先生はいわれる。確かに素人目《しろうとめ》にも干《ひ》からびた肉が汚れて固くなった海綿のように、足の骨の間についている。

私はルクソールに来る前に、カイロの博物館に行き、そこでミイラの部屋に入るには入ったのであった。しかし、私は正視することができなかった。シシリーのパレルモの、カプチーヌ派の修道院には、世の終わりのよみがえりの日のために、そこで死んだ修道僧を、みんなミガキニシン様の干物にしてとってあったが、何百体と知れぬ干し人体の置場になっている地下室を、ムリヤリに案内された時も、私はミイラに後髪を摑《つか》まれそうに恐ろしかったのであった。

遺跡ではある日のこと、生後、半年くらいの赤ん坊の骨が出た。それは、土の中にしっかりとくい込んでいたが、マッチ棒くらいの小さな骨まで殆ど欠落してはいないらしかった。魚の丘から前年度に出た死体には、頭から先にほうり込まれているのもあったという。部分がどうしても、見つからないのもあった。

しかしその赤ん坊の遺骸《いがい》は穏やかな表情だった。その骨の位置は、その子が多少身をまるめるようにして、胎児と似た姿勢で埋められていたことを思わせた。骨はあまりにも小さく、パラフィンを流してかためてからでなければとり出せなかった。大人の死体がばらばらになっていることと比べれば、この子供の骨は、偶然もあるにしても、愛をこめて、優しく葬《ほうむ》られたことを感じさせた。私はこの子の骨にもちょっとふれた。眠っている赤ん坊にさわる時と同じ手つきになっていた。

自然にできている死の覚悟

ネパールでの火葬には、女性の家族は立ち会わない、と同行のネパール通のイタリア人が教えてくれた。ほとんどのグループはそうなのだが、中には女性が立ち会っている組もある。長男が白い衣を着て、頭を剃り、火葬の火の傍に付き添っている。

遠くからのせいかもしれないが、泣き声のようなものは聞こえない。日本の火葬場だって、そう言えば声を立てて泣く人は少ないのかもしれないが、むき出しの火葬場を初めて見ていると、そこで焼かれているのは人間ではなく、人間が脱ぎ棄てて行った古い「衣服」という感じがしなくもないのには、我ながら意外であった。それよりも、このあたりにいっぱいいる猿は性質がよくなくて、よくひったくりをするから気をつけなさい、などといわれると、人の死よりもハンドバッグの方が大事、という浅ましい気持ちになる。猿は日本猿とそっくりで、日本人のワルクチを言われているような気分になった。

日本に帰ってしばらくして或る夜、夜中に目覚めてテレビをつけたら、インドの「死を待つ人の家」のレポートをやっていた。途中から見たので、どこの町のことか、はっきりとはわからないのだが、ガンジス川に面したヴァナラシのことなのではないかと思われた。そこには、死にに来る家族に部屋を貸す宿屋があるらしい。

聖なる川のほとりで死ぬということは、願わしいことなのだから、その老女は自分の望みを果たすわけである。彼女ははっきりした病気があって医師から死を予告されたのか、それとももう何となく、自分の衰えを感じ、死期の近いことを覚《さと》ってここへやって来たのか、前半を見ていないのでわからないのだが、二人の娘と村の人が付き添ってめんどうを見ている。おばあさんは衰えているが、苦しんではいない。そして或る日、彼女が死ぬと、火葬の灰は川に流され、人びとはその川で身を清めて故郷の村に帰って行く。

いつも思うことだが、ヒンドゥ社会やイスラム社会の受け止める死は、日本人よりずっと自然で覚悟ができているような気がする。

死だけではない。人生で起こる他のことに対する姿勢も、どこか日本人と根本的に違う。どこが違うかはっきりしないのだが、私が無理にはっきりさせることはむしろ越権であろう。その違いを自由に見つけてもらうことが、個人に対する敬意になるはずだ。

イタリアになぜ痴漢が少ないか

仕事でヨーロッパへ出張の途中、ミラノの友人の所で、数日骨休めをした。いつもイタリアへ来る度に思うのだが、ここでは絵画のように人生が見えるような気がする瞬間がある。ミラノも洒落た町だが、住人がすべてイタリア・ファッションを着ているわけではない。生活に疲れた表情の滲《にじ》み出た中年もいれば、いかにも金のなさそうな娘もいる。しかしその一人一人が、絵になり短編になっている。

この町には時々乞食がいる。友達は、彼らの前を通りかかると、その人に関する噂や特徴を話してくれる。あの犬を三匹を連れたうちひしがれた感じの大柄な青年は、いいうちの息子だったらしい、とか、あのお婆さんの乞食はけっこうお金を溜めているというような話である。名物のお婆さん乞食は、私が見た時はカフェの隅の椅子に座ってカンカラを振っていた。しかしちゃんとはでな口紅をつけている。根性は知らないが、外見は可愛い感じのお婆さんだ。だからカフェの店主も追い立てないのだろうし、町の人の中にはファンもいるかもしれない。

もう一人、実際の年よりわざとふけた中風病みの演技をする乞食がいるという。演技も疲れるから、時々休んでタバコを吸う。その時、ひょいと若い顔が出るのだそうだ。

乞食はいない方がいいのだろうが、数万、数十万、数百万人の中には必ず乞食生活の好きな変わり者がいて当然である。世の中のことを型通りに考えて、乞食は政治の貧困の結果、などと考えると、世の中がおもしろくなくなる。

人間は向上心も要るが、型通りの向上心が人間性を失わせる場合もある。老舗《しにせ》のレストランにはどこにでも中年以上の年のウェイターがいるが、彼らはいつもプロとしての誇りを持ち、のびのびと冗談を言いながら客に親切にし、真顔《まがお》で店主の悪口を言っているかと見えるとそれも悪戯《いたずら》で、時々少しエッチな話をして心から客と大笑いをしている。

だからイタリアには痴漢が大変少ないのだという。日本人は「自分自身を満たしていない」から、性的悪戯でもして抑圧された自分の心理の捌《は》け口を見つけるほかはなくなる。よかろうと悪かろうと、それが彼、あるいは彼女の人生なのだ。いささかも人の真似をすることはない。人がいいという評判を立てる道を歩くことはない。

人道主義者ぶって署名運動をするよりも、ボランティアに行ってただ年寄りにゆっくりと優しく、パンを小さく小さく千切って食べさせる青年になる方がずっと輝いている。総理大臣になったって、世界のニュースの中で無能の何のと言われるのが落ちで、大して楽しい満ち足りた人生でもないことをはっきりと知っている人がたくさんいるからである。

そういう国で、日本の娘たちは無表情にただブランドものを買い漁《あさ》る。こういう教育をしたのは誰なのだ。

女性の写真は大罪の国

保守的なアラブの国では、顔だけでなく、くるぶしを見せてもいけないと言うが、そうは言っても女性たちも階段を登るのだ。すると嫌でもちらりとくるぶしは見える。その時の色気がたまらないんですよ、と解説してくれた日本人はいた。

夫以外の男たちに顔を見せないだけでなく、写真も撮らせないことが社会の常識だ、とは言っても、美しい女たちは、世界共通の心理として内心は着飾ったところを写真に撮ってもらいたいのである。モロッコの或る地方で、私は友人の男性のカメラマンと歩いていて、彼が村の女性たちにカメラを向けると、彼女たちがはしゃいでポーズをつけるのを何度も見た。しかし遠くにでも村人が現れると、彼女たちはとたんに態度を変えて、カメラマンから遠ざかった。

リビアでは、私の知人が女性の見える村の光景を写真に撮っていて宗教警察に捕まった。この人はカメラとフィルムを没収されるだけでなく、刑務所にぶちこまれても仕方がないところであった。私たちは警察署に連れて行かれたが、私は署長の前でとっさに「そのカメラは私ので、私が背の高いこの人にシャッターを押すことを頼んだのです」と言い、署長と和解の握手をしてしまった。女性なら女性の写真を撮ってもいいのである。さらに握手もいささかみだらなことだったのだろう、とにかく署員の面前で私と握手してしまった署長はそれでひるみ、カメラを返して私たちを解放してくれた。

太陽の下でのびのびと肢体をさらす色気がいいのか、ちらと見えるくるぶしの色気がいいか、私は女性だから答えは男性に聞きたい。

日本人は一ドル（百円）の重みがわかってない

日本人は、百円、或いは、一ドルの価値がわからなくなって来てしまっている、というのが私の感じだ。先日ドイツに行った時、ちょうどお昼時になったので、市内のしゃれたコーヒー・ショップに入った。私たちはサービス・ランチみたいなものを取ったのだが、隣の感じのいいお嬢さんを見るとパンと茹で卵である。人は皆質素に質素に暮らしている。

途上国の庶民の収入は、ごくおおざっぱな言い方になるが、世界的に一家で一日一ドル（約百十円〜百二十円）が平均という感じだ。それで家族全員、五、六人が食べる地方もある。もちろんそれより多いうちもあるが、とても一ヶ月日本円で三千五百円前後なんてもらっていないという家庭も決して珍しくはない。

先日行ったベラルーシでは、夫婦で一月千円以下で暮らしている人に会った。もちろん放射能の残った土地でジャガイモを作り、放射能の汚染地域の土地に生えるキノコを採って食べたりしている。しかし一人がざっと五百円の食費で一ヶ月間暮らしている人がいることなど、日本人は全く知らないのである。私が食べた三センチ角の揚物一個が千二百五十円する話をしたら、ベラルーシの人は眼を丸くするか、私が嘘をついていると思って信じないのどちらかだろう。そして信じたら、日本とは何というひどい国かと思うだろう。

私はよく週末を東京の近県の海辺で暮らしているが、そこでは物価はまことに安い。百円かそれ以下でパンが一包買えるし、ミルクは百七十円前後である。百円はそれなりの重みを持つお金の単位なのだ。そして世界的に、一ドルもまた家族数人の日々の食費を賄う単位として、ずっしりと重い実力を持っているのである。

その感覚がなくなると、国際的な援助の判断も狂って来る。

日本では一千万円というと、マンション一戸買うにも充分ではないお金だが、多くの途上国では、天文学的な数字である。このお金を巡ってどんな悪いことでもしようという気になるお金だ。その現実を認識しないで、平気で五千万円、一億円、或いはもっとそれ以上のお金を出す話をするようになったら、どこかでその人は狂って来ているだろう。

私は昔勤めていた日本財団の職員に、まず百円と一ドルの重みと恐さを本能的に感じ取れる人になってもらいたいと思ったものだ。

6章

旅はもう一つの人生

日本で写真集を見ているような旅は意味がない

先日も知人とおもしろい話をした。

おもに外国旅行の場合だが、だれもが行くまえから、おなかの薬、ビタミン剤など、肉体上の変調には気にかけて用意をするけれど精神的なショックには殆《ほとん》ど心をくばらない。というより、そういうことがあるかも知れない、ということを予測もしないのである。しかし多かれ少なかれ、人間が、真剣に旅をすれば、一種の文化ショックとでもいうべき状況にほうり込まれる。

文化ショックは、目のある、誠実な人がかかりやすい。名所旧跡ばかり見て、その国の生活文化に興味のない人は殆どかからなくてすむ。日本からふりかけのりなど持ち込んでその土地の食物を食べようとしない人も症状は軽い。しかし、そのように、その国の影響を強く受けない人は、厳密な意味では旅をしていないのである。その人々は、日本で写真集を見ているのと同じである。

文化ショックの症状は次のようなものである。

軽度の場合は、からだの疲労とあいまって、やたらに眠くなる。重度に陥ると不眠が来る。神経がささくれだって来る。まわりの人間に腹を立てる。すべてのできごとの意味を、極限まで拡大解釈する。

そこで、(乱用してはいけないが)少しでも厳しい旅をする時は、精神安定剤の携行が望ましい。

私と話をしたのは、人類学者で、彼らは、登山家などと共に、最も環境の悪いところで、しかもグループによる仕事をしなければならない人々である。いきおい、調査団員の中に必ず文化ショック患者が発生する。肉体の病気と違って、一種の一時的な精神障害だから、治し方も微妙でなければならない。軽度のものは、酒を飲ませることでなおるという。

私は団体旅行というものをあまり信じない。団体旅行は確かに、実際に未知の土地へ行くのだが、グループ全体がカプセルに入れて包まれているようで、宿や乗り物や食物や、その他の予期せざることで、苛酷《かこく》な現実を受けとることが少ない。そして現実をあまりきつく体験しない旅というのは――やはり映画の一種なのである。

旅行の最大の収穫は、私の場合、それによって、日常的価値観が、多少とも変化させられることである。自分の立っていた足もとの大地が揺れ動く不安を覚えることである。よきにつけ、あしきにつけ、旅をしてその国を知ることで、相手の国にも、自分の国にもうんざりするぐらいの反応があってしかるべきだと思う。

私にも楽しかっただけの旅行がないわけではないが、不思議とそういう土地へは二度と行く気がしない。問題のないところは、私には退屈なのである。これも貧乏性のせいであろうか。

旅行は危険という代価を必要とする

旅行は必ず危険を伴う。旅行だけではない。総てのものは、出費、労力、疲労、時間の消費、心労などの代価を必要とする。危険もまたその代価の一つである。代価を払わない人は何一つ手に入れることができない。それが高いものか安いものかを判断するのは、その当人以外にない。

だから、危険の要素のない生活をしろ、というのは、ほんとうの意味で生きるな、というに等しい、と私は思っている。

今度の旅行でエルサレムの或《あ》る教会に入ったときであった。私たち五十人のうち、盲人と強度の弱視八人、車椅子一人、歩行困難三人、ハンセン病患者三人（うち一人が盲人）。他に病後という人が数人いる。

暗い教会の内部ではあったが、白杖《はくじょう》をついている人、手をつないでいる人、車椅子の人などで、障害者のグループだということはすぐわかる。その教会にはイエズス時代の岩盤が、そのまま祭壇の一部に残されていたが、そこは普通柵《さく》をしてあって一般の人は立ち入らせないようになっている。

しかし盲人はその岩盤を見ることができない。そういう時わけを話すと、盲人とその付添いだけは祭壇の中へ入って、岩に手を触れていい、という許可が出る。温かい処遇だ。するとの他の国の巡礼者の中から、「あなたたちは特別にあの岩の所へ行けるのだから、私のロザリオ（念珠）をあの岩に触れて来てください」と頼まれたりする。盲人が人にしてあげる用事もちゃんとあるのである。

その時、一人のドイツ人の青年が、沈黙の守られている教会の内部の空気を乱さないように、囁くような声で私たちに尋ねた。

「あなたたちがあのハンディキャップのある人たちを連れてきたんですね」

「そうです」

「こういう人たちを連れて来てくれて、ほんとうにありがとう」

まだ若い青年であった。

こういう言葉が、日本人の若者たちから聞ける日はいつ来るだろう。

盲人と共にヨーロッパを歩くと、どこでも道が開かれる。文字通り、どんなに混《こ》んだ場所でも、まるで『出エジプト記』の中でモーセと共にエジプトを出たイスラエル人たちが、ファラオの軍勢から逃れるために紅海を渡る時、海の水が左右に開いたという故事のように、人々はさっと身を引いて道を開けてくれるのである。

車椅子を押すことや、危ない階段で歩行の不自由な人に手を貸してくれる人はいくらでもいる。それを断ってはいけないのである。なぜなら、そういう楽しい仕事を、同行者だからといって、私たちが一人占めにするということはやはりいけないことだからだ。

日本に帰って来てから、肢体《したい》不自由な子供たちを一般の病棟にリハビリのために出入りさせるのは困る、と言っているという病院の話を聞いた。何ということだろう。私たちは病気の人から多くの強烈な人生を学ぶのに……。

百十カ国歩いて日本人の自信のなさがわかった

私は今までに世界の百十カ国を歩いた。チャド、ブルキナファソ、コートジボアールのような途上国の奥地まで何度か入って、住んでいる日本人に教えられた。

その結果の印象だが、私は日本、殊に日本人に失望したことなど一度もない。昔ソ連華やかなりし頃は、北海道をソ連が「侵略する」危惧が全くないこともなかった。私など素人だからその危険を強烈に感じたものだが、侵略の目当ては日本の人材だと思っていたものだ。何しろこれだけ有能で責任感のある労働力が数千万人いるのだ。資源としては石油も金もなくても、侵略して労働力を確保する意味は充分にある……と素人というものはむちゃくちゃな発想を楽しむものであった。

しかし現実の日本人はその能力を少しも出し切っていない。原因は簡単だ。自信がないのである。

自信をつける方法も簡単だ。それは国民すべてが、主に「肉体的・心理的」に苛酷な体験をすることである。この体験に耐えたことがないから、自信がつかない。自信がないと評判を気にし、世間並みを求める平凡な人格になる。今の霞ヶ関の多くの役人が、前例ばかり気にする理由である。

家の中では、決まった番組以外テレビのだらだら見をやめる。それで家族の会話も戻り、落ち着きのない子供の性格も改変され、時流に流されない家族の覚悟が生まれる。時間を見つけて本を読む癖をつける。テレビやマンガでは知り得ない知恵が、読書によってだけ得られる事実を教えるべきである。

暑さ寒さに耐えられる。長く歩ける。重いものを持てる。穴掘りなどの作業ができる。空腹にも耐えられる。何でも食べられる。そうした人間を、作らねばならないなどと言うが、私はもっと若い時だって、穴掘りなんかできなかった。だから、これは一種の理想論だと知っている。

家庭では自分の家で料理をするべきだ。外でおかずを買うことは恥じであると教えねばならない。料理は教育、芸術、社会学の一部である。工夫と馴れができ、家族が皆で手伝えば素早くできる。

子供たちに、暮らしていけるのにぜいたくを求めて売春婦まがいの行為をするなら、人間をやめろという方がいい。電車の中で化粧をし、ケータイを見つめるような生き方は、世界中の国で侮蔑される行為だと誰も教えないのだろう。

危険を察知し、避ける知恵を持たせねばならない。停電したらどうするのだ。すべての民主主義は停電した瞬間から機能しなくなることを知っている日本人は少ない。

私はすべての生活は苛酷だと思っている。そのあって当然の苛酷を正視し、苛酷に耐えるのが人生だと、一度認識すれば、すべてのことが楽になる。感謝も溢れる。人も助けようと思う。自分の人生を他人と比べなくなる。

これらをやるだけでも、多分日本はかなり変わってくるのである。

ヨーロッパ巡礼で本当の巡礼者の苦しさを知った

巡礼は不純なものである、いや、不純であっても致し方なかった、と認識することが、私にとっては心の解放、私なりの歴史認識である。

聖ヤコブは聖ペテロと共に、ヨーロッパに墓があるただ二人の十二使徒である。キリスト者たちは、自分の信仰のために、聖人たちの墓に参ることを強烈に願った。信仰のためだけではなく、自分や肉親の病気の平癒を願うものもあった。或いは刑罰としてスペインのサンチャゴ詣でを命じられた者もあった。

第一ローマに眠る聖ペテロの墓に詣でても、はるばるやって来たという苦難の手応えは稀薄である。しかしこのサンチャゴ・デ・コンポステラは、もし出発地がパリなら二千キロを超える大旅行となる。私たちはフランス領のルルドから、ソンポール峠を越え、初めは四本、南フランスでは二本になった巡礼路を更に一本に束ねるプエンテ・デ・ラ・レイナ（王妃の橋）からサンチャゴ・デ・コンポステラに向かうのだが、それでもスペイン領内を九百キロは走るのである。文句は言えない。私たちはシートの柔らかい、エヤコンの効いたバスで、五月というのに氷雨に近い寒い雨の降る中を、居眠りしながらでもサンチャゴ・デ・コンポステラに近付いて行けるのである。

昔の巡礼者たちには、頭陀袋《ブザス》と巡礼杖《ブルドン》が必携のものであった。頭陀袋にはパン、通行手形、巡礼者であることの証明書などが入れられていた。巡礼杖には瓢箪をぶら下げ、そこに水か葡萄酒を入れた。瓢箪は安価で軽くて丈夫で、恰好の水筒である。そして人間は、こんな場合でも、時には全く意味のない目印を携行する。巡礼の印である帆立て貝の貝殻を、大きな「雨除け日除け帽子」やマントに付けるのである。フランス料理店で「コキーユ・サン・ジャック」と呼ばれる帆立て貝の料理の意味も、サンチァゴ巡礼に来てやっとわかる、というものだ。

昔も今も、本当の巡礼者たちは徒歩で行く。ナップザックの高さで後ろからは頭が見えないほどの荷物を背負ってどうして一日に二十キロから二十五キロもの道を歩けるのか、私には想像もつかない。五年前のひどい骨折以来、私の足は豆が出来易くなっている。スニーカーなどという「天使の履物」などない時代、巡礼者たちはどうして足の痛みを取り除いたのか。蝋燭用の獣脂とブランデーとオリーヴ油を一緒に溶かしたものを塗ると、足は瞬間的に無感覚になり、痛みも感じなくなった、という記憶もある。途中の宿場には、巡礼者たちの靴の修理をしてくれる修道士もいたし、その修理に必要な鋲を作る小部落の名前さえ記録されているのは、それがどれほど必要だったかを物語るものだろう。

道は常に苦しい、とガイドは説明した。たとえ高低の差はあまりなくても、岡が続けば道は当然息の切れるものになる。平地に出るとしばらくの間巡礼者たちは喜ぶが、やがて別の苦しみを味わうようになる。朝方、自分が歩き始めた村が、数時間歩いて振り返ってみるとまだ背後に見える。次の村の教会の尖塔が平原のかなたに現れると、今夜の宿りはもうすぐ手の届く所にあるように思えるのだが、歩いても歩いても目指す村は近付いて来ない。平地と山路とどちらが苦しいか、と巡礼者たちは考えるのだそうだ。それは私たちの人生と同じだ。

「自殺を考える余裕」が生まれる場所

イスタンブールのディヴァン・ホテルで、ほとんど見えない眼で、手さぐりのように短編の第一枚目を書き始めて、「まだ書ける」と私は少し喜んだのだが、やはり私は毎日、死ぬことを考えていた。その頃始っていた視力障害というものは眠っている時以外、いやでもその現実を当人につきつけ続けるものなのである。一九八〇年のことで、私は半ばこの分では作家生活を諦めねばならないと感じていた時であった。

しかし翌日、私はバスでアンカラに向かった。イスタンブールからアンカラまでは約四百キロ、朝出て夕方六時になってもまだ着かなかった。このまま真直ぐ走れば、いつかはインドのカルカッタへ出るはずの道である。視力に自信がないのだから、正確ではないかも知れないが、昼食を食べた時以後、食事のできそうなドライブインなど、当時はなかったように思う。

私はだんだんお腹が空いてきた。途中で買ったピスタツィオの豆を膝の上でむいて口に入れていた。アンカラに近づくと驟雨《しゅうう》があり、道のあちこちに水溜りができていてなかなかホテルにも辿り着かない。

私はふとある現実に気がついた。空腹を感じ出して以来、私は一度も死ぬことを考えていなかったのである。

今日本では、高齢の自殺者が多いという。飛び込み自殺など交通機関にひどい迷惑をかける。どうしても死にたい人はその前に、二、三日断食してみるといい。どうせ死ぬなら断食くらい、一週間でも十日でもできるだろう。空腹になると、人間は生の法則に従うようになる。飽食が可能な個人的、社会的状況があるから、人間には甘えができて、「自殺を考える余裕」も生まれるのである。私もまた、死をこの視力障害の一つの解決法として考えていて、一時間に一回くらいは死ぬことを思っていたのである。

二週間ほど後に私たちはトルコ南岸のフィニケに来た。フィニケとは「フェニキア人の」という意味だ、と聞いたが確信はない。当時そこは人気もなく、海岸では澄んだ水がさざ波を立て、底の石まで多分見えていたように思っている。つまり私の印象だと、海は笑っていた。

海は私がそこで自殺しても笑い続けるに違いなかった。ここは暗く深刻でなさそうでい い場所だ、と私は思った。どうしても死にたかったら、ここへ来よう。今は友人たちがいるから、迷惑をかけたくない。しかしあらゆる個人の死など歯牙にもかけないようなこの冷酷な明るさの海は、死に場所としていい。

もうその時には、私は死から抜け出していた、と言ってもいいのだろう。あるいは初めから死を実行する気はなく、ただその想念を弄んでいただけだと言われても、私は決して反対しない。私はカトリックだから、自殺は大罪だと教えられていたのである。

しかしトルコのこうした土地の記憶は、それだけに私の中で一際《ひときわ》深い思いを持っている。聖パウロも生涯視力障害者だった。パウロの手紙の特徴は、描写という要素が全くないことだ。周囲がよく見えないから描写する世界もなく、聖パウロは精神の世界だけを、みごとに生きていたのである。だから私も、見えない眼でトルコを廻ったことで、聖パウロの生涯をいつか書けるかもしれない、という錯覚を抱いている。

難民キャンプでは自殺の話は耳にしない

一九八五年のエチオピアの旱魃《かんばつ》の時、私は難民キャンプで何千人という餓死線上をさまよっている人々を見た。一人の父親と一人の母親からは、今すぐこの赤ん坊を持って行ってくれ、と言われた。もちろん通訳を通してだから、こまかい言葉のニュアンスはわからないし、事情も推察の域を出ないのだが、この子にやる乳もないし（出ないし）、この子にかかずらっていては、自分も生きられないから、という感じだった。父親の方は「日本人は金持ちだから、この子を連れて行ってくれれば生かしてもらえる」と言った。赤ん坊の母親は死んだ、という説明もしていたという。

難民キャンプでは、チブスか赤痢かコレラか理由の確かめられていない下痢患者、結核と思われる痩せと咳と発熱を伴う患者、などが眼についた。来年は作物がたくさん採れる、というあてもなく、多くの親たちが死んで孤児ができ、子供も多数死んで一家は既に労働力を失っていた。子供たちはボロをまとって生きているのがやっとで、学校へ行くことなど考えていなかった。成長期に蛋白質が不足すると、脳の発育まで阻害されるという。旱魃を生きぬいても、彼等は一種の痴呆として生きるほかはなくなるのである。

まるで老人のように見える一人の男は、キャンプに入れてもらうのを待って、周辺の丘の上に座り込んでいた。仕事はないし、あっても働く体力は既になくなっていたろう。彼は自分の腰の近くの、手の届く所にある草をむしっては口へ運んでいた。その姿は人間というより動物に近かった。

そんな状態の中で、難民キャンプではあらゆる悲惨な話が伝えられた。同時に残酷さの逸話にも事欠かなかった。キャンプには日本から風呂桶の四倍くらいはありそうな木箱に入れた救援用の衣服が送られて来ていた。エチオピアは高地だから人々は飢えと共に寒さにも苦しんでいたのである。しかし古着の中には、Tシャツ、セーター、ズボン、などという実用品に混って、かなりの数の女の子用のパーティ・ドレスが入っていた。袖なしや短い袖の薄もので、寒さを防ぐ足しにならない。贈り主は「要らないもの」を捌《さば》いて、それで人助けをしたような気分も手に入れたのである。

そんな中で私が一例も耳にしなかったのは自殺の話である。大人も子供も、自殺してもおかしくないほどのお先真暗な生活に見える中で、人々が考えていたのは、今夜食べる何か食料を手に入れること、つまり生きることであった。

どんなに貧しい国でも「生きていてよかった」と思っている

困った時や辛い時に「旅に出る」という発想をする人も世間には多いようだ。しかし体力がそれに伴わない場合もあるだろうし、私の場合、きれいな景色を見たり、心を震わせるような夕映えに遭ったりすると、余計に悲しくなるという性癖はある。だから見慣れた町の一隅で死ぬ方が、「落ち着いて死ねていい」と思うかもしれない。

「『よく死ぬ』ということは、あなたにとってどういうことですか」という質問もある。肉体的には「長く病まない」「眠るように」「年取って老衰で自然に」の三項目が挙げられているのは自然だろう。

心理的には「悔やむことがない」「幸福に死ぬ」「心配することもなく穏やかに」だというが、これらはすべて答えに少し無理がある。つまり死ぬ時の心理に限って誰も体験がないのだから、わからないと言う他はない。

「達成感」についての質問に対しては、

「仕事やその他のすべてのことがきちんと解決したという感じの中で」

「自分の人生に意味があった、満たされた人生だったと感じながら」

「自分の夢、望み、したかったこと、目標達成などが叶《かな》えられること」

の三項目が挙がっているが、これらのことはどれもそれほどむずかしいことではない。


私は今までに百二十カ国近くの貧しい国の暮らしを見た。食べるものにも、体を洗う水にも事欠き、子供たちは学校にも行けず、キャンデーの甘い味も知らず、病気でも医師にかかれず、暑くても寒くても、虫にたかられても、耐える他はない暮らしである。

しかしその中でも、幸福がないわけではない。今夜食べるものがある時、彼らは自然に笑顔になるほど幸福なのだ。そういう言葉で認識するかどうかは別としても、「生きていてよかった」と思っているだろう。

砂漠は神を見に行くところ

皆、何のために砂漠に行くのだ、ときく。結果として、私は一冊の本を書いてしまったが、出かける前には、どこの出版社とも書く契約をしていなかった。それをすると折角の贅沢《ぜいたく》がみみっちいものになるような気がしたのである。

砂漠は何もないが故《ゆえ》に完璧《かんぺき》であった。私は三百六十度平らなサハラの真っただ中で、満月の月光に打たれながら、やはり、人生を見通すような時間を幾晩も持てたのである。そこには仲間はいたが、心理的に私は一人であった。一人で生きている人間を、場所と時間を超えて訪ねて来られるのは神しかなかった。私は決して砂漠でよく祈ったというのでもない。ただ私は、自分の人生を、いびつな、惨《みじ》めな、醜い、哀《かな》しい部分を有するものとして、そのまま深く納得し、どうかそのままの姿でお受け取りくださいと神に頼めたのである。

この手の旅は、人生の最期《さいご》に近付いいて、死を気楽に考えられる頃にもっともふさわしい、と知ったのもその時である。砂漠は若者の地ではなく、内面的に複雑になり、しかもいつ死んでもいい老人たちのための思索と賛美の土地だと思う。

サンタカタリナ修道院の永遠の一瞬

私は、幼い時から学校で、この世を、永遠の前の一瞬と教えられた。あるいは「短い旅」という表現を聞かされた。この世は「仮の宿」でもあった。それ故《ゆえ》、善き状態を望みつつも、現実は不完全でも致し方なかった。キリスト教と共産主義の差は、前者は、現世に理想社会が来ることを全くありえないと思うのに対し（理想社会に近づけるように努力を怠りはしないが）、後者は理想社会がいつかは比較的近い時期に現実に来るかの如《ごと》くいうところにある。私はその点で、共産主義の甘さを信じない。

私は永遠の前の一瞬に過ぎない生を、できうる限り、楽しみ、考え、旅し、時を濃厚に使いたい、と考えはした。その意味で、宗教は、人間を一種のどんよくな享楽《きょうらく》主義者にするのではないかと思う時もある。

しかし同時に、私は、一度は経なければならない生と死の間の接点、橋渡しをうまくやりたいと考えてはいた。うまく、というのはかなり卑怯な希望で、しいていえば、「とにかく楽に」といいなおした方がいいかも知れない。

或る年、私は、シナイ半島を旅した。そしてモーセが、主から十戒を与えられたという、シナイ山の麓《ふもと》にある、世界最古の修道院サンタ・カタリナの僧房に泊まった。サンタ・カタリナは荒涼たる山中に建っている城であるが、その城壁の外に、小さな白いお堂があった。中は蝋燭《ろうそく》の光でほの暗く、一人の老僧が堂守をしているが、入って行くと異臭がした。目が馴れると、石塊《いしくれ》のように積んである頭蓋骨《ずがいこつ》の山が見える。異臭は死臭なのであった。その白骨の山は、昔から今まで、そこで生を終えた修道僧の遺骸《いがい》なのであった。

サンタ・カタリナは、現在はギリシャ正教の修道院である。あたり数キロメートルには人家一軒ない。その周辺には僅《わず》かなベドウィンがいるだけである。

老僧がたどたどしい英語で見物客に喋《しゃべ》っているのが聞こえた。自分も間もなく死んで、これらの友だちの中に入るのだといっている。しかしこれら白骨の人々は決して死んではいない。彼らは今も我々の心の中に生きており、現世にいる我々も、既に、これら死者たちの中に半ば混じって暮らしているのだという。

サンタ・カタリナの夜は、信じられないことに砂漠の豪雨だった。砂漠にはしばしば雨が降るが、砂漠の雨は涸川《かれがわ》（ワディ）に急激に多量の鉄砲水を走らせる危険なものである。

死んだあとも未《いま》だに生けるが如き死者の群と、生きながら既に死後の世界を生きている人とを目のあたりに見たのは、この時が初めてであった。この峨々《がが》たる山中に、一生を何を楽しみに、この修道僧たちは生きているのか、と思う人も多かろう。

しかし現世が、永遠の前の一瞬であるなら、永遠の死後の世界のためにのみこの生を備えるのは、本当に賢明な人々のやることなのかも知れなかった。

小心な人の生涯は穏やかだが語る世界を持たない

私は昔、初めて身体障害者たちと外国を旅行するようになった時、その指導司祭を務めてくださった日本人のカトリックの神父に言われた。

「曽野さん、僕たちがこの仕事が楽しくてたまらなくなったら、やめた方がいいな」

それは自己満足のためにしていることになるのだから、ということである。もちろん障害者の方たちとの旅が、全く楽しくないわけではない。どころか、私はずいぶん楽しんだ。

或る年など、私はわざと放牧民のテントに泊まるという旅程を組んだ。電気や水道がないのは当然だが、砂地を移動するということは、車椅子の人たちにとって、ひときわ難しい情況であることは承知の上である。私自身、六十四歳と七十四歳と二度も足首を骨折して、どんな土地だと歩行が困難か知り尽くしている。しかし荒れ地を歩くむずかしさを助けてくれるボランティアがいる旅でなければ、そういう人たちは、満天の夜空を覆う砂を撒《ま》いたような砂漠の星を見ることもできない。あえて一生に一度しかできないような困難を、私は彼らに贈りたかったのである。なぜなら、困難もまた、確実に平安や順調と同じくらいか、むしろそれ以上の体験という財産の一つだからである。

神父と私が、旅を楽しまなかったのではない。ただ二週間近く、日本を留守にすることは、二人にとってそれぞれかなり大変なことであった。神父は教会を守る代役を見つけねばならないし、その間の連絡その他、厖大な用事の手当てをした上でなければ留守にできない。私は電話やファックスの届きにくい土地に行く間の原稿をすべて書き上げ、その校正刷りにまで眼を通しておかないと、連載担当の記者や編集者は不安で夜も眠れないだろう。しかしそうした困難をどうやら克服し、記者にも編集者にも不便を耐えてもらって、やっと私も成田を発つ。もうほとんどへとへとの状態である。

困難の中に楽しさもおもしろさもあるという単純なことさえ、平凡な暮らしを望み続ければ理解することができない。用心深いと言うより、小心な人の生涯は、穏やかだという特徴はあるが、それ以上に語る世界を持たないことになる。だから多分、そういう人は、他人と会話をしていてもつまらないだろう。語るべき失敗も、人並み以上のおもしろい体験もないからである。話のおもしろい人というのは、誰もがその分だけ、経済的、時間的に、苦労や危険負担をしている。人生というのは、正直なものだ。

墓地を訪ねると死者が静かに生涯を語り出す

中には同じ大きさの小型の白い墓石が整然と並んでいた。前にも書いたことがあるかもしれないが、私は墓地を訪ねるのが好きなのである。死者は生者のように饒舌《じょうぜつ》ではないながら人生を語ってくれるからであった。自己弁護もせず、世間の空気を嘆きもせず、静かに毅然として自己を保っている。私は常日頃、小説家などというものは、饒舌の醜悪さを備えた存在だと思っていたから、死者たちの控えめな在り方に惹かれるのであった。

ノルマンディーだけでなく、どこでも軍人墓地の兵士たちの眠る墓は感動的だった。死者たちの多くは、当然のことながら若い人だからであった。信仰は墓標に明記されている。十字架はクリスチャンの印でこれが一番多い。数は少なくてもイスラム教徒はいるはずなのに、軍人墓地で見かけたことがないのは、メッカの方角を意識して墓標を建てろと言われても、墓地のデザインがそれを許さないからだろうか。ダビデの星をつけたユダヤ教徒の墓もあるし、ごく稀にだが卍を彫り付けた仏教徒の戦死者もいたような気がする。無印は当人自身が無神論者だということを生前に明言していたからかもしれない。それから生年と死亡の年。軍隊ではどの連隊に属していて、何月何日に死んだかということ。墓石を読みながら歩くと、死者たちが静かな小声で自分の生涯を語っているように私は感じられるのである。

死ぬ人のために仕える人も必ず要る

二〇〇二年五月三日、私は再びヨハネスブルグに行き、私たちのＮＧＯから贈られたお金で今回できた新しい二十床の病棟の開所式に出席した。贅沢ではないが、隅々にまで温かい心遣いが見える病棟が完成していた。二人一室、トイレとシャワーつきである。木々の緑の枝が窓の外に生命の証のように揺れていた。

式は荘重で温かかった。恐らく学齢に達するまで生きることはないと言われているHIVプラスの孤児たちが、歌を歌ってくれたが、彼らの特徴は決して笑わないことだった。

式と会食が終わったのが午後二時だった。

私はそこに住み込んで病人の面倒を見ている根本神父に簡単な質問をした。帰ってから寄付をしてくださった方たちに説明ができるようになっている必要があった。

「ここから、少しでも元気になって家に帰った人はいますか」

「一人もありません」

当時はそうだったのだ。

癌《がん》のホスピスからは一時帰宅する人もいる。

「病人は大体、平均何日くらいここで暮らしますか」

「二日か三日です」

私は頭を殴られたような気がした。

出典一覧

1章　私の旅支度

私の旅支度（上）10――「弱者が強者を駆逐する時代」101－111：ワック
私の旅支度（下）20――「弱者が強者を駆逐する時代」114－125：ワック
中年の冒険の時 31――「中年以後」226－231：光文社
文明、便利、豪華と無関係な旅 36――「ただ一人の個性を創るために」179－181：ＰＨＰ研究所

2章　旅の経験的戒め

旅は人を疑う悪を持て 40――「至福の境地」96－98：講談社
外国に出ればみな泥棒と思え 42――「悪の認識と死の教え」113－117：青萠堂
アラブの旅から厳しい処世術を学んだ 44――「ただ一人の個性を創るために」158－162：小学館
豊かさを知る旅に行きなさい 47――「狸の幸福」36－38：新潮社
たまには途上国の悪路を体験するといい 50――「不幸は人生の財産」176－177：小学館
道の「倒木」が見えたら引き返せ 53――「『受ける』より『与える』ほうが幸いである」149－150：大和書房
外界に興味のない若い女性たちへ 55――「ただ一人の個性を創るために」204－207：ＰＨＰ研究所
日本人よ、「精神のおしゃれ」を思い出しなさい 58――「老いの才覚」46－47：光文社
年寄りは持てない荷物を持つな 61――「完本 戒老録」178－179：ワック

秘書を連れて旅をするとぼける 63――「すぐばれるようなやり方で変節してしまう人々」95：小学館
障害者には手助けが辛《つら》い場合もある 64――「不幸は人生の財産」107－111：小学館
少年の「お金もらい」に会わなかった例外 66――「戦争を知っていてよかった」170－171：新潮社
値切ると5分の1になるイスラエルの買物事情 68――「生活のただ中の神」107－109：海竜社
一杯の水を飲めば射殺されても仕方がない国 70――「思い通りに行かないから人生は面白い」124－125：三笠書房
外国で肉を食べる時は生きている動物を殺す悪を意識せよ 71――「不幸は人生の財産」77－78：小学館
旅の健康を保つ鍵は「食べすぎない、夜遊びをしない」73――「弱者が強者を駆逐する時代」101－111：ワック
たとえ敵でも泊めるアラブの掟 74――「生活のただ中の神」23－25：海竜社
旅の危険を恐れている人に、魂の自由はない 76――「魂の自由人」92－95：光文社

3章　臆病者の心得

トイレの凄まじさ、紙のなさにも耐える訓練 80――「ただ一人の個性を創るために」110－113：ＰＨＰ研究所
旅に出たらトイレが一定時間保《も》つ訓練が必要 83――「狸の幸福」46－48：新潮社
マラリアを防ぐ簡単で初歩的な方法 87――「魂の自由人」211－214：光文社
暑ければ「脱ぐ」でなく着なければいけない 90――「三秒の感謝」62－65：海竜社
中古飛行機に乗る覚悟 93――「哀しさ優しさ香《かぐわ》しさ」17－19：海竜社
夜中の野営地には二つの光源がいる 96――「原点を見つめて」12－13：祥伝社
砂漠のアカシアには近寄るな 98――「原点を見つめて」29－30：祥伝社
警官も国によっては小金をねだる 99――「人はなぜ戦いに行くのか」54－58：小学館
タクシーの値段交渉は運転手たちのいる前で 101――「三秒の感謝」43－46：海竜社

臆病な用心こそ旅の心得 104――「働きたくない者は食べてはいけない」19－20：ワック
旅先で服装をよくしたほうがいい理由 105――「三秒の感謝」48－49：海竜社
日本人の「目立ちたくない」は卑怯な姿勢 107――「人間にとって成熟とは何か」173－176：幻冬舎
旅は取り敢えず「知らない」と言うのが人生の知恵 109――「悲しくて明るい場所」141－142：光文社
日本人が「無宗教」と書く方がずっと危険人物 110――「社長の顔が見たい」155：河出書房新社
外国で一人前の知識人としての語学力 112――「ただ一人の個性を創るために」116－120：ＰＨＰ研究所
アフリカでのパーティ料理を、客は残した方がいい 115――「生活のただ中の神」122－123：海竜社
赤ん坊に微笑みかけてはいけないアフリカ 116――「不幸は人生の財産」244－245：小学館

4章　旅の小さないい話

全盲の夫に娘の清らかさを伝えた美しき行為 120――「至福の境地」246－248：講談社
一本の白いカーネーションを差し出したパトカー 122――「それぞれの山頂物語」86－87：講談社
砂漠で知る慈悲の心 124――「それぞれの山頂物語」185－187：講談社
貧しさの中でもバラを植えている村に 126――「至福の境地」243－244：講談社
「人を助ける」少年の持つ信条 127――「原点を見つめて」88－89：祥伝社
貧しげな女の子がくれた最上のバナナ 130――「働きたくない者は食べてはいけない」171：ワック
「勉強嫌いでも人間を愛しているのよ」130――「老いの才覚」113－114：光文社
一杯の紅茶の幸せの光景 132――「思い通りにいかないから人生は面白い」126－127：三笠書房
アクセサリー売場の女性のいい年の取り方 133――「老いの才覚」29－33：光文社
放射能の地で陽気に笑ったお爺さん 137――「不幸は人生の財産」82－83：小学館

国境を越えた「ポルノ作家」138――「思い通りにいかないから人生は面白い」204－205：三笠書房
神さまはカジノにもいる 140――「思い通りにいかないから人生は面白い」42－44：三笠書房
千円で赤ちゃんが助かるなら 142――「思い通りにいかないから人生は面白い」44－45：三笠書房
「喜びのあまり、一人死にました」144――「悪と不純の楽しさ」76－78：ＰＨＰ研究所
貧しい人を救うのがイタリア人の人情 146――「透明な歳月の光」105－106：講談社
子供への本当の親切 148――「社長の顔が見たい」228－229：河出書房新社
障害者が与えてくれた寝ずの番の楽しみ 149――「老いの才覚」114－116：光文社
コリないシスターズの決意 151――「正義は胡乱」81－84：小学館
セ・ラ・ヴィ　これが人生 155――「正義は胡乱」86－89：小学館

5章　旅で知るそれぞれの流儀

純白のもののない町の白い夢 162――「狸の幸福」259：新潮社
仔犬は子供たちの夜の必需品 163――「貧困の光景」18－20：新潮社
闘牛場の中の明るい「神の御手《みて》」165――「永遠の前の一瞬」240－241：新潮社
赤ん坊は優しく葬られていた 166――「永遠の前の一瞬」232－235：新潮社
自然にできている死の覚悟 168――「地球の片隅の物語」232－233：ＰＨＰ研究所
イタリアになぜ痴漢が少ないか 170――「それぞれの山頂物語」37－39：講談社
女性の写真は大罪の国 172――「それぞれの山頂物語」58－59：講談社
日本人は一ドル（百円）の重みがわかってない 174――「正義は胡乱」142－144：小学館

6章　旅はもう一つの人生

日本で写真集を見ているような旅は意味がない 178――「永遠の前の一瞬」229-231：新潮社
旅行は危険という代価を必要とする 180――「夜明けの新聞の匂い」38-40：新潮社
百十カ国歩いて日本人の自信のなさがわかった 183――「人生の収穫」121-123：河出書房新社
ヨーロッパ巡礼で本当の巡礼者の苦しさを知った 185――「沈船検死」55-58：新潮文庫
「自殺を考える余裕」が生まれる場所 188――「至福の境地」258-260：講談社
難民キャンプでは自殺の話は耳にしない 191――「魂の自由人」191-193：光文社
どんなに貧しい国でも「生きていてよかった」と思っている 193――「誰にも死ぬという任務がある」147-149：徳間書店
砂漠は神を見に行くところ 195――「永遠の前の一瞬」270：新潮社
サンタカタリナ修道院の永遠の一瞬 196――「永遠の前の一瞬」143-144：新潮社
小心な人の生涯は穏やかだが語る世界を持たない 198――「人間にとって成熟とは何か」192-194：幻冬舎
墓地を訪ねると死者が静かに生涯を語り出す 200――「働きたくない者は食べてはいけない」38-40：ワック
死ぬ人のために仕える人も必ず要る 201――「生活のただ中の神」205-206：海竜社

★本書は右の出典から、部分的に抜粋しております。なお収録にあたり著者が新たに加筆修正、表記統一したものです。

〈著者紹介〉

曽野綾子（その あやこ）

1931年、東京生まれ。聖心女子大学英文科卒。作家。

79年、ローマ法王庁よりヴァチカン有功十字勲章受章。

97年、海外邦人宣教者活動援助後援会代表として吉川英治文化賞並びに、読売国際協力賞を受賞。日本芸術院会員。日本文藝家協会理事。1995年～2005年まで日本財団会長。2009年～2013年まで日本郵政株式会社・社外取締役を務める。数多くの著作活動の傍ら、世界的な視野で精力的な社会活動を続ける。著書に、「無名碑」（講談社）、『神の汚れた手』（朝日新聞社）、『天上の青』、『哀歌』（ともに毎日新聞社）、『貧困の光景』（新潮社）『老いの才覚』（ベスト新書）『人間の基本』、『人間関係』（ともに新潮新書）『人生の原則』、『生きる姿勢』（ともに河出書房新社）『人間にとって成熟とは何か』（幻冬舎新書）、『風通しのいい生き方』（新潮新書）、『老いの冒険』（興陽館）、『聖書を読むという快楽』、またカトリック神父［尻枝正行、アルフォンス・デーケン、高橋重幸、坂谷豊光］との往復書簡集・四巻（ともに小社刊）、他多数。

旅《たび》は私《わたし》の人生《じんせい》

2015年4月16日　第1刷発行
2015年5月19日　第2刷発行

著　者　曽《そ》野《の》綾《あや》子《こ》
発行者　尾嶋四朗
発行所　株式会社 青萠堂

〒162-0808　東京都新宿区天神町13番地
Tel 03-3260-3016
Fax 03-3260-3295

印刷／製本　中央精版印刷株式会社

落丁・乱丁本は送料小社負担にてお取替えします。

ISBN978-4-921192-93-8 C0095

大好評ロングセラー

三浦朱門 著

大好評ロングセラー!
渾身のエッセイ

＊"迷いの年齢"を、どう悔いなく生きるか

老年に後悔しない10の備え

中年期に知っておく10のこと…
——未来を明るくする才能

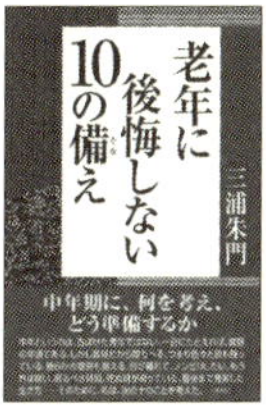

本体1300円＋税

＊心を遊ばせているか！——一瞬一瞬を充足して生きる

老年のぜいたく

人生をツトメにせず、
アソビに変える要諦とは。
第二の人生はアソビ精神期
——生きている証の見つけ方

心豊かに暮らす

本体1300円＋税

＊妻・曽野綾子に訪れたウツの危機をどう乗り越えたか！

うつを文学的に解きほぐす

鬱は知性の影

「うつ」を医学的でなく、
文学的に解きほぐす
異色の傑作エッセイ

本体1400円＋税